KB265211

크눌프, 그 삶의 세 이야기

헤르만 헤세 지음 | 송은실 옮김

소담출판사

송은실

서울 출생. 한양대학교 영어영문학과 졸업.
역서로 『갈매기의 꿈』 『마지막 수업』 『마지막 잎새』 등이 있다.

BESTSELLERWORLDBOOK 05

크눌프, 그 삶의 세 이야기

펴낸날 | 1990년 11월 1일 초판 1쇄
        1996년 3월 28일 중판 1쇄
        2003년 7월 15일 중판 6쇄
지은이 | 헤르만 헤세
옮긴이 | 송은실
펴낸이 | 이태권
펴낸곳 | 소담출판사
        서울시 성북구 성북동 178-2 (우)136-020
        전화 | 745-8566~7 팩스 | 747-3238
        e-mail | sodam@dreamsodam.co.kr
        등록번호 | 제2-42호(1979년 11월 14일)

ISBN 89-7381-005-7 00850
● 책 가격은 뒤표지에 있습니다

www.dreamsodam.co.kr

Knulp, Drei Geschichten
Aus Dem Leben Knulps

Hermann Hesse

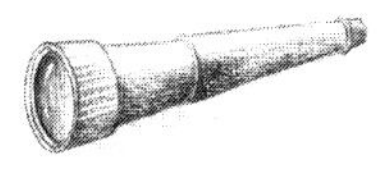

청춘 시절의 기뻤던 여러 가지 일들이
먼 봉화를 바라보듯 희미하고 아름답게 피어오르며
꿀과 포도주같이 강렬하고 달콤하게 느껴지고,
이른 봄밤의 바람같이 훈훈하게 불어오는 것이었다.
그것은 아름다웠다. 환희도 비애도 다 아름다웠다.
그런 나날의 하루라도 없었더라면 나의 생활은 비참했으리라!

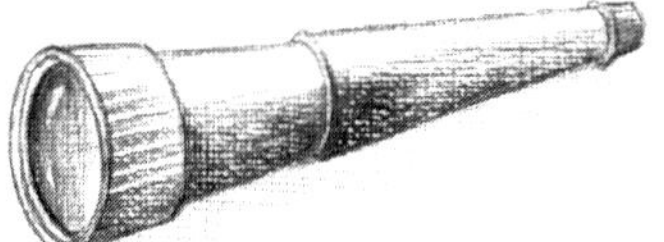

Knulp, Drei Geschichten
Aus Dem Leben Knulps

차례

초봄 9page

크눌프에 대한 회상 59page

종말 85page

작가와 작품 해설 125page

작가 연보 133page

초봄

　1770년대 초, 우리들의 친구 크눌프는 몇 주일 동안 병원 신세를 지지 않을 수 없었다. 그러다가 2월 중순쯤 마침내 퇴원하게 되었다. 그는 며칠을 떠돌아다니다 곧 열이 올라 편히 쉴 숙소를 생각하게 되었다. 이 지방 어느 곳을 가더라도 그를 반겨 줄 친구들은 얼마든지 있었다. 그러나 그는 좀처럼 친구들에게 신세를 지려고 하지 않았다. 그의 결백한 성품을 아껴 친구들은 그를 대접하는 것을 오히려 명예롭게 생각할 정도였다.

　이번에 그의 머리에 순간 떠오른 것은 레히시데텐에 사는 피혁공 에밀 로트프스였다. 서풍이 불고 비가 오는 저녁이어서인지 문은 이미 굳게 닫혀 있었다. 그는 문을 두드렸다. 피혁공은 위층 덧문을 빠끔히 열고 어두운 거리를 내려다보고 소리쳤다.

"누구시오? 내일 아침에 오는 게 어떻겠소?"

크눌프는 옛 친구의 목소리를 듣자 모든 피로가 한꺼번에 씻기는 듯 생기가 돌았다. 그리고 몇 해 전, 로트프스와 한 달 가량 함께 여행하면서 지어 불렀던 노래 한 구절이 퍼뜩 생각났다. 그는 위층을 향해 그 노래를 불렀다.

객줏집에 걸터앉은 사람
피로에 지친 나그네
누구일까 그 사람은
바로 그 방랑자.

피혁공은 재빨리 덧문을 밀치고 몸을 쑥 내밀었다.

"크눌프 아닌가? 아니면 귀신인가?"

"바로 날세!" 하고 크눌프가 소리쳤다.

"자, 계단으로 내려오겠나, 아니면 창문에서 뛰어내릴 텐가?"

친구는 총총걸음으로 내려와서 현관문을 열고 밝은 석유램프를 친구의 얼굴에다 바싹 비추었다. 그는 눈이 부셔 잠시 눈을 끔벅여야 했다.

"자, 어서 들어가세!"

친구는 흥분하여 소리를 높이면서 크눌프를 끌어들였다.

"이야기야 천천히 하기로 하고, 저녁밥이 좀 남아 있네. 침대도 있고. 참 오랜만이야. 이런 고약한 날씨에 말이야. 그런데 그 장화 정말 멋있네그려!"

크눌프는 그가 놀라서 묻거나 말거나 그냥 내버려두고, 계단에서 접어 올린 바지를 조심스레 펴 내렸다. 그러고는 4년이란 세월 동안 한 번도 오른 적이 없는 계단을 거침없이 성큼성큼 올라갔다. 위층 복도에 이르자 방문 앞에 잠깐 멈추어 서서, 방 안으로 잡아끄는 피혁공의 손을 붙들고 귓속말로 물었다.

"자네, 장가는 들었겠지?"

"아무렴."

"그러면 자네 부인이야 날 모를 테고, 그러니 이렇게 찾아온 나를 좋아할 리가 없을 것 아닌가? 난 남을 귀찮게 하는 건 원치 않네."

"무엇이 귀찮단 말인가?"

로트프스는 큰 소리로 웃으며 문을 활짝 열고 크눌프를 밝은 방 안으로 끌고 들어갔다. 방 안에는 커다란 식탁이 놓여 있고, 그 위에는 석유램프가 세 가닥의 사슬 줄에 매달려 있었다. 엷은 담배 연기가 공중에 떠 가느다랗게 하늘거리다가, 뜨거운 램프 갓 위로 말려들어 맴돌다가는 높이 솟아 사라졌다. 식탁에는 신문과 돼지 방광으로 만든 담배 쌈지가 놓여 있었다.

칸막이 벽 앞에 놓인 소파에서 젊은 부인이 후닥닥 일어났다. 선잠에서 깨어났는지, 그런 표정을 감추느라 당황한 모습이었다. 크눌프는 강렬한 불빛에 눈이 부셔 어리둥절했으나 부인의 연한 잿빛 눈을 보고는 공손히 인사하며 손을 내밀었다.

"내 아내 리스일세."

주인이 웃으면서 말했다.

"이 사람이 내 친구 크눌프야. 전에 얘기한 적이 있지? 우리 집 손님이야. 마침 직공의 침대도 비어 있으니 잘됐어. 자, 우선 과일주부터 한잔해야지. 그리고 크눌프는 저녁을 먹어야 돼. 아마 소시지가 한 통 남아 있을걸."

부인이 재빨리 나갔다. 크눌프는 그녀의 뒷모습을 바라보았다.

"부인이 좀 놀랐을 거야." 하는 크눌프의 말에 로트프스는 그것을 부인했다

"아직 아기가 없나?"

크눌프가 물었다. 그때 부인이 접시에다 소시지를 담아 들고 들어왔다. 그리고 그 옆에 소반을 놓았다. 소반에는 잘려진 쪽을 얌전히 아래로 향하게 한 검은 빵 반쪽이 얹혀 있고, 둘레에는 "오늘도 우리에게 일용할 양식을 주옵소서."라는 글귀가 새겨져 있었다.

"리스! 지금 막 크눌프가 무슨 말을 했는지 알아?"

"가만히 좀 있게." 하고 크눌프가 가로막았다. 그러고는 부인을 보고 미소 지으면서 말했다.

"주책 없이 마구 지껄인 말입니다, 부인!"

그러나 로트프스는 가만히 있지 않았다.

"아직 아이가 없느냐고 묻질 않겠어."

“어머나!”

부인은 웃으면서 말하고는 밖으로 도망치듯 나가 버렸다.

“아이가 없단 말인가?”

크눌프는 그녀가 나가자 다시 물었다.

“아직 없네. 기다리는 거야. 사실 신혼 초엔 그게 좋아. 그건 그렇고, 자, 좀 들게.”

잠시 후 부인은 회색과 청색 무늬가 있는 도자기 술병과 잔을 세 개 들고 들어와 탁자에 나란히 놓더니 술을 가득 부었다. 솜씨가 보통이 아니었다. 크눌프는 그녀를 보고 미소 지었다.

“옛 친구를 위하여!”

친구는 큰 소리로 말하고 크눌프를 보며 잔을 치켜들었다. 그러나 크눌프는 은근한 태도로 “먼저 부인을 위해서! 부인의 건강을 축하합니다. 그리고 옛 친구의 건강을 위해서!” 하고 건배했다.

그들은 서로 잔을 부딪치며 마셨다. 로트프스는 즐거운 표정을 짓고 아내를 쳐다보면서 눈짓을 했다. 그의 친구가 얼마나 단정하게 예의를 갖추는지를 아내가 알아차렸는지 확인이라도 하는 것처럼. 그녀는 벌써 그것을 눈여겨보고 있었다.

“보세요, 크눌프 씨는 당신보다 훨씬 멋이 있어요. 예절이 바르신 것 같아요.” 하고 그녀가 말했다.

“천만의 말씀입니다.”

손님이 말했다.

"누구든지 배운 대로 하는 법이지요. 예절을 말씀하시면 쑥스럽습니다. 그런데 부인의 솜씨야말로 참으로 놀랍네요. 꼭 일류 호텔에 온 것 같은 기분입니다."

"맞았네. 그 방면에 배운 것이 있다네." 하고 친구가 말했다.

"그렇습니까? 아버님이 호텔을 경영하셨나요?"

"아니에요. 아버님은 돌아가신 지 오래되었어요. 전 기억할 수도 없으니까요. 전 옥센에 2, 3년간 있었어요. 혹시 아세요?"

"옥센 말씀입니까? 한때 레히시데텐에서 제일가는 호텔이었지요." 하고 크눌프가 말했다.

"지금도 그런걸요. 에밀, 그렇지요? 단골 손님은 거의 사업하는 분들과 관광객들이었어요."

"그렇겠지요, 부인. 거기라면 정말 좋았을 겁니다. 또 수입도 좋았을 테고. 하지만 자기 가정만 하겠습니까, 그렇지요?"

천천히 맛을 음미하는 듯이 그는 연한 소시지를 빵에 얹어 먹고, 곱게 벗긴 껍질을 접시 가장자리에 놓았다. 그리고 이따금 고급 황색 과일주를 조금씩 마셨다. 친구는 크눌프가 가느다란 여윈 손으로 장난하듯이 열심히 만지작거리는 것을 기쁘게, 그리고 경의로운 마음으로 쳐다보았다. 부인도 만족스럽게 생각하고 있었다.

"그런데 자네 안색이 안된 것 같아."

에밀 로트프스가 꼬집듯 물었다. 그래서 크눌프는 요즘 몸이 불편했다는 것과 병원에 입원했던 일을 털어놓아야 할 것 같았다. 하지만 달갑지 않은 일이라 그냥 입을 다물고 있었다. 그러자 친구는 앞으로 어떻게 할 생각인지를 물었다. 그리고 식사며 침실을 언제까지라도 성심껏 돌봐 주겠다고 말했다. 바로 그것이 크눌프가 절박한 상황에서 기다렸던 말이었지만, 꼬집어서 듣게 되니 부끄러운 생각이 들어 그에 대한 대답은 다음날로 미루고 말았다.

"그 문제는 내일이나 모레 이야기해도 되지 않은가." 하고 얼버무렸다.

"날은 얼마든지 있으니까. 어쨌든 잠만은 신세를 좀 져야 할 형편이네."

그는 먼 옛날의 일을 꼼꼼하게 생각하고 계획을 세운다든가, 약속을 한다든가 하는 것을 좋아하지 않았다. 그날그날 자기 마음대로 하지 못하면 기분이 언짢았다.

"정말이지 여기서 한동안 머물러야 할 형편이니, 어디 자네 직공으로라도 써 주어야겠네." 하고 크눌프가 말을 꺼냈다.

"그런 농담을…… 자네가 내 집 직공이 되겠다니, 그래 자네가 피혁공 자격이나 있다는 말인가?"

"그런 건 아무럼 어때. 그렇지 않은가? 피혁공이 아무리 훌륭한 직업이라 해도 상관할 게 뭐야. 나야 일할 능력이 있을 턱이 없지. 그렇긴 하지만 말일세, 자네 집 직공이라면 나와 여행 수첩, 거기에는 필요하단 말이야. 그렇게 되면 치료비라도 벌 수 있을 테니까."

"잠깐, 자네 여행 수첩을 좀 보여 주겠나?"

크눌프는 마치 새 양복 같은 윗저고리 주머니에 손을 넣어 방수용 케이스에 잘 넣어 둔 것을 끄집어냈다. 피혁공은 그것을 보고 웃었다.

"자넨 여전히 꼼꼼하군그래. 꼭 어제 아침에 길을 떠난 것처럼 말짱하단 말이야."

그는 수첩에 기재된 사항과 검인을 자세히 들여다보고는 진심으로 감탄하며 머리를 끄덕였다.

"정말 훌륭하군! 자네 손에 들어가면 모두가 일품이 되네그려."

여행 수첩을 이처럼 잘 간직하는 것은 크눌프의 좋은 취미 가운데 하나였다. 수첩 속에는 아름다운 이야기와 시가 적혀 있었다. 그것은 완전한 것이었다. 그리고 거기에 기재된 숙소는 훌륭하고 성실한 생활을 하는 사람들이 머무는 좋은 여관들이었다. 그가 그렇게 숱하게 숙박지를 바꾼 것은 그의 방랑벽을 말해 주기에 충분했다. 사실 이 수첩에 증명된 그의 생활은 바로 크눌프 자신이 스스로 만든 것이었다. 이러한 생활을 하는 데에는 약간의 겉치레가 필요했던 것이다.

물론 한 번도 법에 어긋나는 일을 한 적은 없었다. 그러나 무직의 방랑인으로서 감당할 수밖에 없는 경멸받는 생활을 하고 있었다. 아마 경찰관들이 호의를 베풀지 않았던들 그가 그처럼 아름다운 시적인 생활을 할 수는 없었을 것이다. 경찰관들은 명랑하고 재미있는 사람의 정신적 우월성과 때때로 보여 주는 진실성을 높이 평가하여,

될 수 있는 한 그를 편히 쉬도록 내버려두었다.

그에게는 이렇다 할 전과가 있는 것도 아니고, 남의 것을 훔치거나 구걸을 한 일도 없었다. 그리고 가는 곳마다 좋은 친구가 있었다. 그래서 마치 귀여운 고양이와 같이 지내는 기분으로 그를 대해 주었다. 고양이처럼 하는 일 없이 그저 살아가는 가운데 아무 걱정 없이 점잖게 신사의 몸짓을 하고 무위도식하는 생활이었지만, 누구 한 사람 그를 미워하지 않았다.

"아마 내가 오지 않았더라면 지금쯤 자네와 부인은 벌써 단잠에 빠져 있었을 텐데."

크눌프는 수첩을 돌려받으면서 큰 소리로 말했다. 그러고는 성큼 일어나서 부인에게 목례를 하고는 친구를 재촉했다.

"자 일어나게, 로트프스. 내 침대가 있는 곳을 가르쳐 주게."

친구는 등불을 들고 크눌프와 함께 다락방으로 향하는 좁다란 계단을 올라가서 직공 방으로 들어갔다. 거기에는 벽 옆에 침구가 놓여 있지 않은 철 침대가 있었다. 그것과 나란히 목 침대가 있었고 거기에는 이불이 펴져 있었다.

"더운 물주머니가 필요하겠지?"

친구가 미안한 투로 말했다.

"있어서 안 될 게 있겠나."

크눌프는 웃으며 말했다.

"자네야 저런 아리따운 부인이 있으니 물주머니 같은 것은 필요

없겠지만.”

“그러게 말이야.”

로트프스는 아주 정색을 하고 말했다.

“자네를 이런 다락방 찬 침대에 자게 해서 안됐군. 하지만 이보다 더 추운 곳에서 잔다 해도 도리가 없지. 그뿐인가. 침대도 없이 마른 풀 속에서 잔다 해도 별수가 없지 않은가. 그런데 나는 집도 있고, 일도 있고, 사랑하는 아내도 있단 말이야, 알겠나? 이 사람, 자네도 마찬가지야. 벌써 옛날에 주인이 되었을 게 아닌가. 나보다 형편이 좋았을 텐데. 자네가 마음만 먹었다면 말일세.”

크눌프는 그 사이에 얼른 옷을 벗고 몸을 움츠리면서 차가운 이불 속으로 기어들어 갔다.

“아직도 할말이 많은가? 누워서 편안히 듣기로 하겠네.” 하고 크눌프는 말했다

“난 심각하게 말하는 걸세, 크눌프.”

“나도 마찬가지야, 로트프스. 그런데 말이야, 자네만 결혼한 것처럼 생각해선 안 되네. 자, 잘 자게!”

이튿날 아침 크눌프는 침대에 그대로 누워 있었다. 아직도 힘이 빠진 듯한 나른한 기분이었다. 날씨가 추워 외출을 할 수도 없었다. 오전에 로트프스가 다녀갔는데, 그에게 간청하다시피 하여 그대로 가만히 누워 있게 해 달라고 말하고는, 점심때 수프를 좀 갖다 달라고 부탁했다.

그는 이렇게 어둠침침한 다락방에 하루 종일 마음 편히 누워서 추위와 여독이 가시는 것을 감촉하고 있었다. 따뜻하고 아늑한 쾌감에 사로잡혔다. 지붕에 끊임없이 떨어지는 빗방울 소리와 부드럽고 세차게 불었다 잦았다 하는 바람 소리에 귀를 기울이기도 했다. 반시간을 자고 나서는 어둡기 전에 여행할 때 읽던 책을 꺼내 읽었다.

그 책은 자신의 시나 격언을 옮겨 놓은 종이 뭉치와 신문을 오려 붙인 조그마한 묶음이었다. 주간 신문에서 오려 놓은 몇 장의 사진도 그 속에 끼여 있었다. 그중 두 장은 그가 특별히 좋아하는 사람으로 자주 꺼내 본 탓에 꺼풀이 찢겨져 있었다. 한 장은 여배우 엘레오노라 도제의 사진이고, 또 한 장은 남풍을 받아 바다를 달리고 있는 범선이었다.

그는 소년 시절부터 북쪽 나라와 바다에 큰 관심을 가지고 있었으므로 그곳을 몇 번이나 여행했다. 한번은 브라운슈바이크까지 간 적이 있었다. 그러나 언제나 떠돌아다니며 한곳에 오래 머물러 있지 못하는 이 철새는 늘 기묘한 불안과 향수에 싸여 그만 독일 남부로 돌아와 버렸다.

점심때 로트프스가 수프와 빵을 가지고 올라왔다. 어렸을 때 소아마비를 앓고 난 이후 여태까지 한 번도 낮에 자 본 일이 없는 그는, 크눌프가 아파서 누워 있는 것이라고 생각하여 가만가만히 올라와서 귓속말을 했다. 그러나 기분이 좋아진 크눌프는 로트프스의 염려와는 달리 몸이 좋아져서 내일이면 회복되어 일어날 수 있다고 계속 장담했다.

크눌프는 오후가 훨씬 지나서도 침대에 계속 누워 있었는데, 노크 소리가 들렸으나 선잠이 든 상태여서 대답을 하지 않고 그대로 누워 있었다. 방 안으로 살며시 들어선 로트프스 부인은 비워진 수프 그릇을 손에 들고 대신 밀크 커피 잔을 침대 옆 탁자 위에 놓았다.

크눌프는 부인이 들어온 것을 알고 있었으나, 피로하기도 하고 또 계면쩍기도 하여 그냥 눈을 감고 자는 척했다. 부인은 빈 그릇을 손에 들고 자고 있는 크눌프를 흘끔 바라보았다. 그는 푸른색 잠옷을 입고 팔을 베고 누워 있었다. 아름다운 검은 머리와 어린아이 같은 순진한 얼굴이 눈에 띄자, 그녀는 잠시 서서 아름다운 젊은이를 물끄러미 바라보았다. 이 젊은이가 특이한 사람이라는 것은 남편을 통해 여러 번 들은 적이 있었다. 그의 모든 것, 짙고 검은 눈썹, 넓은 이마, 여윈 듯한 가무잡잡한 볼, 붉게 물든 아름다운 입술과 가냘픈 목 등이 모두 마음에 들었다.

갑자기 옥센 호텔에서 여급으로 일하던 때의 일들이 생각났다. 그녀는 그때 젊고 아름다웠기 때문에 이런 낯선 젊은이들에게서 많은 사랑을 받았었다. 그녀는 정신을 잃고 가벼운 흥분에 빠져 있었다. 그리하여 크눌프의 얼굴을 자세히 들여다보려고 허리를 구부리는 순간, 숟가락이 그릇에서 미끄러져 마루로 떨어졌다. 조용하고 좁은 곳이라서 소리가 큰 것 같아 그녀의 가슴은 한층 더 뛰었다. 바로 그때서야 크눌프는 깊은 잠에서 깨어난 듯, 아무것도 모른다는 듯이 눈을 비비적거리면서 머리를 들고 웃는 얼굴로 말했다.

"아, 부인이세요? 커피를 가지고 오셨군요. 지금 막 꿈에서도 뜨겁고 맛있는 커피를 마셨어요. 감사합니다, 로트프스 부인! 지금 몇 시나 됐습니까?"

"4시예요." 하고 그녀는 재빨리 대답했다. 그리고 "식기 전에 드세요. 찻잔은 나중에 가져가겠어요." 하고 말하고는 급히 밖으로 나가 버렸다. 크눌프는 그녀의 뒷모습을 바라보면서 사라져 가는 발자국 소리에 귀를 기울였다.

그는 무엇을 생각하는 듯 눈을 뜨고 몇 번이나 머리를 흔들었다. 그러고 나서 새소리와 같은 휘파람을 나직이 한 번 불고는 따뜻한 커피 잔을 손에 들었다. 어둠이 스며든 지 한 시간이 지나자 크눌프는 권태를 느끼기 시작했다. 기분도 좋아지고 편히 쉬었으니 바깥 구경이 하고 싶었다. 그는 옷을 입고 컴컴한 층계를 다람쥐같이 살살 내려와 아무도 눈치채지 못하게 집을 빠져나왔다. 비가 온 뒤라서인지 남서풍이 세차게 불어오고, 땅은 축축하게 젖었지만 하늘은 맑게 개어 있었다. 그는 한가로운 저녁의 시장 거리를 천천히 걸어서 문이 빠끔히 열려 있는 어느 대장간 앞에서 발을 멈추었다.

크눌프는 하루 일을 마치고 뒷정리를 하고 있는 직공과 말을 나누면서, 빨갛게 달아오른 화덕에 차가워진 손을 쬐었다. 그는 직공에게 이 거리에 살고 있는 안면이 있던 사람들에 관해 조용히 물어보았다. 어떤 사람은 벌써 이 세상 사람이 아닌 경우도 있었고, 결혼한 사람도 있었다. 크눌프는 직공에게는 자기도 이런 일에 종사하는 사람처럼 인식되게 이야기했다.

그 무렵 로트프스 부인은 저녁 수프를 만들고 있었다. 작은 솥에 쇠고기와 감자를 썰어 넣고 수프를 불 위에 올려놓았다. 그러고는 부엌을 청소한 다음 방으로 들어가서 거울 앞에 앉았다. 거울 속에는 원하는 모양 그대로 꾸며져 있었다. 도톰한 두 볼, 푸른빛이 도는 잿빛 눈, 그리고 헝클어진 머리……. 그녀는 손으로 능숙하게 머리를 매만졌다. 그리고 깨끗이 씻은 손을 다시 앞치마에 문지른 다음, 한 손에 등불을 들고 종종걸음으로 다락방으로 올라갔다. 그녀는 방문을 가만히 두드렸다. 몇 번 연달아 크게 두드렸다. 그러나 아무 소리가 없었다. 등불을 마루 위에 내려놓고 두 손으로 조심스레 문을 열고 들어서서 침대 옆 의자를 찾았다.

"주무세요?"

그녀는 소리를 죽여 말했다.

"주무세요? 찻잔을 가지러 왔어요."

그녀는 다시 한 번 말했다. 숨소리까지 들릴 듯 조용하기만 했다. 그녀는 침대 쪽으로 손을 살그머니 내밀어 보았으나 이상한 기분이 들어 손을 움츠리고는 등불을 가지고 왔다. 방은 텅 비어 있고 침대는 잘 정돈되어 있었다. 탁자도 잘 정리되어 있었다. 그녀는 불안하고 낙심하여 부엌으로 허둥지둥 돌아와 버렸다.

30분 후에 로트프스가 저녁을 먹으러 올라왔을 때 식사 준비는 이미 되어 있었다. 부인은 다락방에 올라갔던 일을 남편에게 말할까 망설이다가 끝내 말을 못하고 말았다. 그때 현관문 소리가 나고, 누군가 돌로 된 복도를 지나 굽은 층계를 올라오는 소리가 들렸다. 크눌프였다. 그는 보기 좋은 갈색 모자를 벗으며 인사를 했다.

"어, 자네 대체 어디 갔다 오는 거야?"

피혁공이 놀란 듯 물었다.

"아픈 몸으로 밖에 나다니는 건 좋지 않아. 그러다가 죽음의 신에게 홀리기라도 하면 어쩔 텐가?"

"옳은 말일세." 하고 크눌프가 말했다.

"그런데 부인, 꼭 알맞게 돌아오지 않았습니까? 부인의 그 좋은 수프 냄새가 시장에까지 나던데요. 이제 죽음의 신을 추방할 수 있겠군요."

식사가 시작되었다. 주인은 기분이 좋았다. 집안일과 직공을 거느리는 주인으로서의 위치와 지위 등을 자랑 삼아 늘어놓았다. 그는 크눌프에게 농담을 하다가 다시 정색을 하고는 무위도식하는 방랑 생활을 이제 그만 청산하라고 충고를 했다. 크눌프는 묵묵히 듣고만 있을 뿐 아무런 대답도 하지 않았다.

부인은 한마디도 하지 않았다. 기분이 언짢았다. 예의 바르고 점잖은 크눌프에 비해 무식해 보이는 남편에 화가 났던 것이다. 부인은 손님을 친절하게 대접함으로써 자기의 뜻을 알리려고 했다. 시계가 10시를 치자 크눌프는 인사를 하고, 피혁공에게 면도칼을 빌려 달라고 했다.

"얼굴이 괜찮은걸."

로트프스는 면도칼을 건네주며 말했다.

"턱이 꺼칠꺼칠하면 못 견디는 모양이지? 자, 잘 자게. 이불을 잘 덮고 자게나."

크눌프는 침실에 들기 전에 계단 위의 조그마한 창문을 통해 밖을 내다보았다. 날씨와 이웃을 보고 싶었던 것이다. 바람은 거의 사라져 버렸고, 지붕 사이로 보이는 검은 하늘가에 별들이 젖은 눈을 반짝이고 있었다. 머리를 들고 창문을 막 닫으려는데 맞은편 집의 작은 창문이 갑자기 환히 밝아졌다.

그의 방과 똑같은 조그마한 낮은 방이 보이더니, 일하는 처녀가 그 방문을 열고 들어섰다. 오른손엔 놋촛대를 들고 왼손엔 큰 물 주전자를 들고 들어와서 그것을 마루 위에 놓았다. 그리고 촛불로 자기의 좁은 침대를 비추어 보았다. 침대는 단조로웠으며 그 위에는 빨간 담요가 깔려 있었다. 그녀는 촛대를 보이지 않는 구석진 곳에 놓고, 하녀들이 흔히 갖고 있는 질이 나쁜 가죽으로 만든 녹색 트렁크 위에 걸터앉았다.

크눌프는 뜻하지 않은 광경이 벌어지자, 이쪽이 보이지 않도록 곧 불을 끄고 가만히 서서 지켜보았다. 이 젊은 처녀는 그가 좋아하는 타입의 여자였다. 나이는 18, 19세 가량 되어 보였다. 그렇게 크지 않은 키에 눈은 갈색이었고, 검은빛을 띤 갈색 머리를 가진 아름다운 얼굴이었다. 그 조용한 얼굴에는 명랑한 빛이라곤 없고, 딱딱한 녹색 트렁크 위에 앉아 있는 모습이 우울해 보였다.

세상을 알고 또 젊은 여인을 잘 아는 크눌프는 이 젊은 처녀가 트렁크를 들고 타향으로 온 것이 얼마 안 되어 향수에 젖어 있다는 것을 알 수 있었다. 그 처녀는 가느다란 갈색 손을 무릎 위에 올려놓고 그녀의 유일한 소지품인 트렁크에 걸터앉아, 자기 전에 잠깐 동안 고향 집을 그려 보는 것이 순간적인 위안이 되는 모양이었다.

그녀는 미동도 하지 않고 앉아 있었다. 크눌프는 창문을 통해 낯선 여인의 움직임을 조심스럽게 지켜보고 있었다. 촛불에 비친 아름다운 그녀는 누가 자신을 보고 있다고는 꿈에도 생각하지 못했을 것이다. 그는 그녀의 순진한 갈색 눈이 생각하는 듯이 크게 떠졌다가 긴 속눈썹에 덮이는 것을 보았다. 그리고 어린아이처럼 예쁜 갈색 뺨이 붉은 불빛에 하늘거리는 것과 피로한 듯한 가냘픈 손을 보았다. 그녀는 진한 청색 무명옷 위에 손을 얹고, 그날 밤의 마지막 일인 잠옷으로 갈아입는 것을 잠시 미루고 있었다. 드디어 젊은 처녀는 탄식을 하며 머리를 들었다. 뒤로 감아 올린 머리에는 망이 씌워져 있었다. 처녀는 생각에 잠겨 슬픈 표정으로 허공을 쳐다보더니 신발 끈을 풀고 허리를 굽혔다.

크눌프는 자리를 뜨기 싫었으나, 가련한 처녀가 옷을 벗는 것을 엿본다는 것은 옳지 않다고 생각되었다. 그는 가능하면 그녀를 소리쳐 불러 즐거운 말도 하고 농을 걸어, 자기 전에 잠깐이라도 재미있는 분위기를 만들어 주고 싶었다. 그러나 멀리서 부르면 깜짝 놀라 불을 꺼 버릴 것만 같았다. 그래서 소리를 지르는 대신 그의 여러 가지 잔재주 가운데 하나를 이용하기로 했다. 휘파람을 끝없이 아름답고 부드럽게, 마치 멀리서 들려오는 것처럼 불었다. 곡조는 「물레방아 있는 시원한 골짜기」였다. 그가 너무도 아름답고 고요히 불었기 때문에 그녀는, 비로소 가만히 귀를 기울이며 일어서서 창가로 걸어왔다.

그녀는 머리를 창 밖으로 내밀고 주위를 살폈다. 크눌프는 그냥 계속해서 나직이 불었다. 그녀는 머리를 까딱까딱 흔들며 두세 번 멜로디에 박자를 맞추더니 갑자기 머리를 쳐들고는 어디서 음악이 들려오는지 알아차렸다.

"거기 누가 있어요?"

그녀가 나직이 물었다.

"피혁공입니다."

그도 나직이 대답했다.

"주무시는 걸 방해해서 미안해요. 고향 생각이 나서 그만 한 곡조 불었지요. 밝고 명랑한 곡도 부를 수 있어요. 그런데 아가씨도 타향에서 오셨나요?"

"슈바르츠발트에서 왔어요."

"네? 슈바르츠발트요! 나도 그런데요. 그럼 동향 사람이군요. 그런데 레히시데텐은 마음에 드나요? 나는 썩 좋은 줄 모르겠는데요."

"뭐 이제 겨우 한 주일 됐으니 알 수 있어야죠. 그러나 그렇게 좋은 것 같진 않아요. 선생님은 오신 지 오래되셨나요?"

"아닙니다, 겨우 사흘쨉니다. 그런데 동향인끼리는 서로 너무 존대하는 게 아니랍니다. 그렇죠? 좀더 터놓고 사귀는 게 어떨까요?"

"안 돼요. 어떻게 그렇게 해요. 서로 잘 알지도 못하는 사이면서."

"이제 차츰 알게 되겠죠. 산과 계곡이라면 서로 가까워질 수 없겠지만 우린 사람이니까. 그런데 아가씨가 살던 곳은 어디지요?"

"말해도 모르실 거예요."

"모르는 곳이라고요? 비밀인가요?"

"아흐트하우젠이라고요, 조그마한 시골이에요."

"하지만 좋은 곳이죠. 그 마을 한끝에 예배당이 하나 있지요. 그리고 물레방아인지 아무튼 뭔가가 하나 있지요. 그리고 누런 큰 베른하르트 개가 한 마리 있었어요. 어때요, 맞았나요, 틀렸나요?"

"어머, 꼭 맞았어요."

여자는 크눌프가 자기의 고향을 잘 알 뿐만 아니라 그곳에 간 일이 있었다는 것을 알게 되자, 의심도 경계하는 마음도 다 사라지고 그의 말을 믿게 되었으며 기분이 좋아졌다.

"안드레스 풀리크라는 사람도 아세요?"

그녀가 성급히 물었다.

"모릅니다. 그곳에 아는 사람이라고는 아무도 없습니다. 그러나 그분은 아가씨 아버지가 아닌가요?"

“네, 그래요.”

“그랬었군요. 그러면 풀리크 양이로군요. 이왕이면 이름까지 안다면 다시 아흐트하우젠에 갈 때 엽서라도 한 장 띄울 텐데.”

“그러면 여기를 다시 떠나시나요?”

“아뇨, 떠나고 싶지는 않습니다. 단지 이름을 좀 알고 싶어서죠, 풀리크 양.”

“저도 당신 이름을 모르는걸요.”

“미안합니다, 카를 에벨하르트라고 합니다. 그런데 혹시 낮에라도 뵙게 되면 아가씨는 제 이름을 알아서 부르시겠지만, 전 뭐라고 부르지요?”

“바바라예요.”

“이제 됐습니다. 정말 고맙습니다. 그런데 부르기 힘든 이름이군요. 집에선 아마 베르벨레라 했겠지요? 꼭 맞았지요? 내기할까요?”

“그렇게들 불렀어요. 어떻게 그렇게 잘 아시죠? 그러시면서 왜 자꾸 물으세요? 아, 참 주무셔야지. 안녕히 주무세요.”

“안녕, 베르벨레! 편안히 잠들도록 한 곡조 더 불러 드리지요. 도망가지 마세요. 돈은 받지 않을 테니까.”

그는 곧 휘파람을 불기 시작했다. 복음(複音)과 속도가 빠른 요들식 노래로 무도곡같이 명랑한 곡이었다. 그녀는 이 기교가 풍부한 곡에 감탄하며 자세히 들었다. 곡이 끝나자 그녀는 덧문을 가만히 끌어당겨 굳게 닫아 버렸다. 크눌프도 불 꺼진 자기 방으로 조용히 들어갔다.

이튿날 크눌프는 적당한 시간에 일어나 집주인의 면도칼을 쓰려고 했다. 그런데 집주인은 몇 해 동안 수염을 깎지 않아 면도칼이 내버려둔 채 있었으므로, 반 시간 동안이나 혁대에 문지르고 나서야 그것을 사용할 수 있었다. 그는 면도를 하고 나서 윗옷을 입고 장화를 손에 들고 부엌으로 내려갔다. 부엌은 따뜻했고 커피가 끓고 있었다. 크눌프는 장화를 닦기 위해 솔과 약을 빌려 달라고 부인에게 말했다.

"어머나! 그런 건 남자가 하는 일이 아니에요. 제가 해 드릴게요."

그러나 그가 신을 건네주지 않자 여자는 쓴웃음을 지으며 구두 닦는 도구를 내주었다. 그는 열심히 깨끗이 닦았다. 그러나 장난 삼아, 때로는 수공업자들이 정성껏 기쁘게 일하듯이 닦는 것이었다.

"참 잘 닦으시네요. 번쩍번쩍하는데요. 애인한테라도 가시려는 모양이죠?"

그녀는 칭찬하면서 그의 얼굴을 바라보았다.

"그러면 좋게요."

"그럴 거예요. 분명히 아름다운 애인이 있을 거예요." 하며 여자는 다시 깔깔 웃었다.

"아마 한 분이 아닐 거예요, 그렇죠?"

"천만의 말씀. 그렇게 바람둥이는 아니랍니다."

크눌프는 즐거운 듯 대꾸를 하면서 말했다.

"예쁜 아가씨 사진이나 하나 보여 드릴까요?"

여자는 호기심에 끌려 가까이 다가갔다. 크눌프는 윗옷 주머니에서 방수포로 만든 지갑을 꺼내 사진을 한 장 — 여배우 엘레오노라 도제의 사진 — 찾아냈다. 여자는 그 사진을 넋 나간 듯 보고 있었다.

"참 잘생겼어요. 정말 품위가 있네요. 좀 호리호리한 편인데, 그래도 건강한가요?" 하며 그녀는 조심조심 물었다.

"내가 아는 바로는 건강합니다. 그건 그렇고, 주인은 어디 있죠? 방에 있나요?"

그는 방으로 올라가 친구에게 아침 인사를 했다. 방은 잘 정돈되어 있었다. 깨끗이 닦은 마루, 시계, 거울, 벽에 걸린 몇 개의 사진이 친밀하고 아늑하게 보였다. 이런 깨끗한 방 같으면 겨울에 그리 나쁘지 않을 것이란 생각이 들었다. 그러나 이런 것을 위해서 결혼한다는 것은 그리 좋게 생각되지 않았다. 그에게는 부인의 호의도 별로 달갑게 여겨지지 않았다.

크눌프는 밀크 커피를 마신 후 로트프스를 따라 뜰에 있는 헛간으로 가서 피혁에 관한 모든 일을 안내받았다. 그는 이런 수공업에 대해서도 잘 알고 있었으므로 전문적인 질문을 하여 주인을 놀라게 했다.

"어떻게 그렇게 잘 알지?" 하며 주인이 성급히 말했다.

"모르는 사람들은 자네를 피혁공으로 알거나 예전에 피혁공이었다고 모두들 생각할 걸세."

“여행을 하다 보면 다 배우게 마련이지.” 하고 크눌프는 대답하고 이렇게 덧붙였다.

“그건 그렇고, 흰 가죽에 대해서만은 자네가 내 스승이 아니었나. 벌써 잊었나? 6, 7년 전에 우리가 같이 여행을 다닐 때 자네가 모두 가르쳐 주지 않았나, 이 사람아.”

“하나도 잊지 않고 다 기억하고 있구먼.”

“조금은 기억하지. 그런데 일에 방해가 되겠는데. 이거 미안하네. 좀 도와 주어야 할 텐데, 이런 곳은 축축하고 가슴이 답답해서 기침이 자꾸 난단 말이야. 자, 일하게. 비가 오기 전에 난 밖에 좀 다녀 올게.”

집을 나선 크눌프는 모자를 옆으로 비스듬히 쓰고, 피혁공 집의 옆길로 난 거리를 천천히 걸어갔다. 로트프스는 문까지 나와서 가볍고 즐겁게 걸어가는 그의 뒷모습을 바라보았다. 그는 깨끗이 닦여진 구두를 신고 빗물이 괸 곳을 이리저리 피해 가고 있었다.

‘정말 행복한 사내야.’ 하고 피혁공은 그를 부럽게 생각했다. 그리고 토굴 같은 헛간에 들어가서 단지 인생을 관조하는 데 그치는 이 괴상한 친구를 생각하는 것이었다. 그것이 과욕인지 욕심이 없는 것인지 그는 알 수 없었다. 열심히 일하며 기반을 닦아 나간 사람이 여러 면으로 보아 그보다 나을 것이다. 그러나 일만 아는 자기는 그와 같은 가냘픈 아름다운 손을 가지고 날렵하고 산뜻한 걸음을 걸을 수는 없었다. 그래, 크눌프는 저 하는 대로 내버려두는 게 좋아.

크눌프는 제 성격대로 산다. 아무도 그를 흉내 낼 사람은 없다. 그는 어린아이같이 모든 사람들에게 말을 걸어 호감을 산다. 처녀들과 부인들에게 아름다운 이야기를 들려주며, 매일을 일요일같이 즐겁게 지낸다. 그가 하는 대로 내버려둘 수밖에 없다. 그리고 몸에 병이 들어 거처할 곳을 찾을 때에는 그의 뒤를 돌보아주는 것을 유쾌하고 명예로운 일로 생각하면 되는 것이다. 또한 친구들은 그가 오면 집안이 즐겁고 명랑해지므로 오히려 그에게 감사하게 생각해야 할 것이다.

그동안 크눌프는 호기심에 이끌려 경쾌한 행진곡을 휘파람으로 불며 천천히, 오래전부터 알고 있던 곳과 사람들을 찾았다. 그는 먼저 언덕배기에 있는 거리의 변두리를 찾았다. 그곳에는 양복 수선 가게를 열고 있는 그의 가난한 친구가 있었다. 한때 그 사내는 희망도 가지고 있었고 훌륭한 공장에서 일도 했었지만, 지금은 새 양복은 주문도 받지 못하고 헌 바지만 수선하는 구멍가게 주인에 불과했다. 그런데 결혼은 일찍 해서 어린애가 몇이나 되었으며, 그 부인은 집안일을 알뜰하게 꾸려 나가는 재간이 없었다.

크눌프는 재봉사 실로테르베크를 찾으러 나섰다. 그는 뒷골목 끝에 있는 집 3층에 살고 있었다. 그의 작은 가게는 계곡을 향해 있는 집에 마치 새장처럼 매달려 있었다. 창을 통해 아래를 내려다보면 4층뿐 아니라 집 아래로 급경사를 이룬 작은 정원과 풀밭이 있는 언덕이 어지러울 정도로 내려다보였다. 그리고 그 끝으로는 뒷집의 처마와 양계장, 그리고 산양과 토끼를 기르는 회색 우리가 복잡하게 내려다보였다. 가장 가까운 지붕들도 이 황폐한 지대의 저쪽 계곡 끝으로 내려다보였다.

그렇지만 양복 수선 가게는 햇빛도 잘 들고 바람도 잘 통했다. 부지런한 실로테르베크는 창가의 넓은 탁자 위에 쭈그리고 앉아 등대지기처럼 세상을 명랑하고 시원하게 내려다보고 있었다.

"안녕하시오, 실로테르베크!"

크눌프가 들어서며 말했다. 주인은 햇빛에 눈이 부셔 실눈을 뜨고 문 쪽을 바라보았다.

"여어, 이거 크눌프 아닌가!"

그는 기쁜 얼굴로 반기며 손을 내밀었다.

"또 이곳에 왔네그려. 그런데 여기까지 찾아온 걸 보니 불편한 거라도 있는 건가?"

크눌프는 삼각 의자를 끌어당겨 그 위에 앉았다.

"바늘과 실을 좀 빌려 주게. 좋은 갈색 실로 주게나. 옷을 좀 수선해 보려고 그래." 하면서 그는 상의와 조끼를 벗고 실을 바늘에 꿰고 나서 옷의 여기저기를 꼼꼼히 살펴보는 것이었다. 옷은 아직 새 것이나 다름없이 보였다. 그는 닳아진 곳과 실밥이 늘어진 곳, 떨어지려는 단추들을 일일이 손끝을 부지런히 움직여 금방 다시 제대로 만들어 놓았다.

"그런데 어떻게 지내나?" 하고 실로테르베크가 물었다.

“날씨나 좋아야지. 집 없는 사람은 몸이 건강하든지 가족이라도 있어야 할 텐데…….”

크눌프는 못마땅한 듯 헛기침을 했다.

“그건 그렇지.” 하고 그는 성의 없이 말했다.

“하느님은 좋은 사람이나 나쁜 사람이나 다 비를 주시는데, 자네만 메마른가? 실로테르베크, 자넨 아직도 불평이 많나?”

“아, 사람 참. 불평이라곤 없네. 그러나 이 애들 지껄이는 소리 좀 들어보게. 다섯이라네. 그래서 밤낮없이 일해도 부족하다네. 자네는 팔자가 좋아 하는 일 없이 왔다갔다할 수 있지 않은가.”

“잘못 알았네. 나는 4, 5주일 동안 노이슈타드트 병원에 누워 있었네. 그곳에선 꼭 필요한 기간만 입원시키지. 그 이상 오래 두진 않아. 괜히 오래 있으려고 하는 사람도 없지만. 그런데 하느님의 뜻은 알 수가 없단 말이야.”

“쓸데없는 소린 말게.”

“쓸데없는 신앙심이 없어졌나? 난 이제부터 믿으려고 자네를 찾아왔는데 어찌 된 일인가, 이 사람.”

“신앙심에 대해선 말 말게! 그런데 병원에 있었다고? 참 안됐네.”

“뭘, 지난 일인걸. 그건 그렇고, 자네 말 좀 해 주게. 병원에 있는 동안 시간도 있고 해서 지라흐의 전도서와 계시에 관해서 거기 있는 성경을 읽어 보았거든. 그래서 같이 이야기할 수 있게 됐네. 성경이란 묘한 책이더군.”

"자네 말이 옳아, 참 묘하지. 그러나 반은 거짓말 같아. 너무도 앞뒤가 잘 맞는단 말야. 자네는 그전에 라틴어 학교도 다녔으니까 나보다는 더 잘 이해할 걸세."

"그렇게 기억에 남는 게 없는데."

"거 보게, 크눌프." 하며 재봉사는 열려 있는 창문 밖으로 침을 뱉고 계곡으로 멀리 떨어지는 것을 눈을 크게 뜨고 내려다보며 얼굴을 찡그렸다.

"알겠나, 크눌프? 신앙이란 아무것도 아니야, 아무 소용이 없어. 분명히 말하겠네만 아무 소용이 없단 말이야."

크눌프는 생각하는 듯이 그를 바라보았다.

"그래그래, 그러나 그건 너무 지나친 말 같은데. 내가 보기에 성경에는 꽤나 지혜로운 말도 씌어 있던데."

"그러나 그 뒤를 한 페이지 더 펼쳐 보면 언제나 그와 반대되는 말이 나오거든. 아니, 그만 하세. 그 얘기는 그만 하세."

크눌프는 벌써 일어서서 다리미를 들고 있었다.

"이 속에 숯을 몇 개 넣어 주게." 하고 그는 주인에게 청했다.

"뭘 하려고?"

"조끼를 좀 다리려고. 그리고 비 온 뒤에는 모자도 좀 다리는 게 좋겠지."

"자넨 언제나 멋쟁이란 말이야!"

실로테르베크는 다소 화를 내며 소리쳤다.

"배는 쫄쫄 굶는 자가 백작같이 멋을 부려 무엇하나?"

크눌프는 조용히 미소 지었다.

"그러는 편이 보기도 좋고, 또 즐겁기도 하거든. 진정으로 성이 난 게 아니라면 애교로라도 옛 친구의 사정 좀 봐주게."

재봉사는 밖으로 나가더니 곧 뜨거운 다리미를 가지고 들어왔다.

"고맙네. 이제 됐네."

크눌프는 조심스럽게 모자챙을 다리기 시작했다. 바느질처럼 익숙하지는 못했다. 재봉사는 크눌프의 손에서 다리미를 빼앗더니 자기가 다리기 시작했다.

"야, 근사한데!"

크눌프는 감사하며 말했다.

"이제 다시 좋은 모자가 됐네. 그런데 자넨 성경에 대해 너무 기대가 커. 참된 것이라든가 인생이란 무엇이냐 하는 문제는 각자가 생각해서 아는 것이지, 책에서 배울 수 있는 문제라고는 나는 생각지 않네. 성경은 오래됐어. 옛날에야 모르는 것이 많았으니까 거기에서 많이 배웠겠지. 그러나 오늘에 와서는 우리가 다 잘 알고 있는 일이야. 정말이지 그러니까 오히려 아름다운 것, 훌륭한 것, 또 참된 것이 많이 있다고 할 수 있지 않은가. 알다시피 성경에는 이곳저곳에 그림과 같이 아름다운 장면이 있단 말이야. 루트 아가씨가 밖에 나가서 이삭을 줍는 장면 같은 것은 얼마나 아름다운가. 또 아름다운 여름 풍경도 있고, 예수가 어린아이들 옆에 앉아 교만한 어른들보다 이 아이들이 더욱 사랑스럽다고 생각하는 장면도 있지 않나. 난 예수가 옳다고 생각하네. 그런 점에서 보더라도 예수에게 배울 것이 있다고 생각하네."

"그야 그렇지." 하면서도 실로테르베크는 그의 말을 시인하려 들지 않았다.

"남의 애들인 경우에야 그렇게 말할 수 있겠지. 그러나 자기 애가 다섯이나 되고, 기를 수 없는 형편이 돼 보게."

그의 얼굴에는 다시 괴로운 빛이 감돌았다. 크눌프는 차마 그를 정면으로 쳐다볼 수가 없었다. 떠나기 전에 그에게 무슨 좋은 말을 하나 남기고 싶었다. 크눌프는 잠시 생각하고 나서, 허리를 굽혀 재봉사의 얼굴을 쳐다보며 정색을 하고 나직이 말했다.

"그러면 자네는 어린것들이 귀엽지 않단 말인가?"

재봉사는 놀라서 눈을 크게 뜨고 말했다.

"그야 물론 사랑스럽지. 특히 큰놈이 제일 그래."

크눌프는 그럴 거라는 듯이 고개를 크게 끄덕였다.

"난 가겠네, 실로테르베크. 고맙네, 이제 조끼도 갑절이나 가치 있게 됐어. 자네, 어린것들을 사랑하며 재미있게 살아야 하네. 그렇게 되면 벌써 반은 산 보람이 있는 거야. 잘 듣게. 자네에게 할말이 하나 있어. 아무도 모르는 일이니 다른 사람에게는 말하지 말게."

재봉사는 그를 유심히 보았으나 그가 너무 심각한 표정을 지었기 때문에 눈을 돌려 버렸다. 그런데 이번엔 크눌프가 너무나 작게 말해서 재봉사는 간신히 들을 수가 있었다.

"나를 보게! 자네는 내가 가족도 없고 자식도 없어서 편하겠다고 생각하지만, 내게도 아들이 하나 있어. 두 살 된 어린것인데, 지금 남의 손에서 자라고 있지. 아버지가 누군지도 모르고, 어미는 애를 낳자 곧 죽어 버렸으니까. 애가 있는 곳을 말할 수는 없지만 나는 알고 있다네. 그러나 그곳에 가면 그 집 근처의 담 밑에서 그냥 기다리고 있곤 하지. 운수 좋게 그놈을 본다 해도 손목도 잡아 보지 못하고 키스도 해 주지 못하고, 기껏해야 그 근처를 배회하며 휘파람이나 불어 줄 정도라네. 이제 할말을 다 했으니 나는 가겠네. 잘 있게. 아이가 있다는 것을 기뻐해야 하네!"

크눌프는 거리를 걸었다. 그는 어떤 양초 공장의 창 옆에서 잠시 동안 쓸데없는 이야기를 하며 대팻밥이 뚤뚤 말려 떨어지는 것을 쳐다보았다. 그리고 길가에서 호의를 보이는 경관을 보고 인사를 건네자, 경관은 흰 버드나무로 만든 담뱃갑을 꺼내 담배를 권했다. 그는 여기저기 들러 가족들의 생활이나 장사 실정을 듣고, 또 동사무소 회계원의 젊은 부인이 죽었다는 것과 동장의 방탕한 아들 소식을 들었다. 그는 대신 다른 곳의 새 소식을 들려주었다. 그는 아는 사람으로서, 친구로서, 동지로서 이 거리에 사는 사람들과 또한 망명가들에게 인연을 맺어 준 미약하나마 즐거운 관련을 기쁘게 생각했다.

그날은 토요일이었다. 한 양조장에 들러 문간에 서 있는 직공들에

게, 오늘 저녁이나 내일 저녁에 어디서 무도회가 있느냐고 물어 몇
군데 알아냈다. 그중 가장 좋은 곳은 반 시간 가량 가면 되는 게르
델핀겐의 사자정에서 열리는 무도회였다. 크눌프는 옆집의 베르벨
레를 데리고 가기로 마음먹었다.

점심때가 되었을 때 크눌프는 로트프스의 집 계단을 올라가고 있
었다. 부엌에서 맛있는 냄새가 코를 몹시 자극했다. 그는 걸음을 멈
추고 어린아이같이 기뻐하며, 호기심을 가지고 코를 벌름거리면서
요리 냄새를 맡았다. 그렇게도 조용히 올라왔는데, 부인은 벌써 알
아차리고 부엌문을 열고는 김에 싸인 환한 얼굴을 문 쪽으로 내밀
었다.

"어머나, 크눌프 선생님!"

부인은 반가운 얼굴로 맞이했다.

"마침 잘 오셨어요. 오늘은 간 요리를 하고 있는데, 좋아하신다면
간을 특별히 구워 드리려고 해요. 어떠세요, 즐겨하시나요?"

크눌프는 수염을 쓸어 내리며 점잖게 말했다.

"황송하게 그런 특별한 음식을 대접받다니요. 저는 그저 수프면
되는데요."

"천만에요. 앓고 난 후에는 몸조리를 잘해야 돼요. 그렇지 않으면
힘이 붙지 않는답니다. 아마 간이 싫으신가 보죠? 그런 사람도 있으
니까요."

그는 은근하게 웃었다.

“아닙니다. 간 요리 한 접시면 훌륭하지요. 일생 동안 일요일마다 그렇게 먹을 수 있다면 저에게는 그것만으로도 행복할 겁니다.”

“불편한 것이 있으시면 무엇이든 말씀해 주세요. 왜 요리를 배웠겠어요! 선생님 드리려고 간을 좀 남겨 두었으니, 어떻게 요리하는 것이 좋은지 말씀해 주세요. 몸에 좋을 거예요.”

그녀는 가까이 다가와서 매력 있게 웃었다. 그는 여자의 마음을 잘 알 수 있었다. 또한 그녀는 예쁜 여자이기도 했다. 그러나 모르는 척했다. 가난한 재봉사가 다려 준 반듯한 모자를 손에 쥐고 만지작거리며 옆을 바라다보았다.

“고맙습니다, 부인. 제가 간 요리를 정말 좋아합니다. 너무 지나친 대접을 받는데요.”

그녀는 미소 지으며 손가락으로 옆구리를 찔렀다.

“사양하실 거 없어요. 뭐 해 드리는 게 있어야죠. 그럼 볶아 드릴게요. 양파도 넣고요, 좋지요?”

“좋고 말고요.”

그녀는 무엇을 잊은 듯이 솥 쪽으로 달려갔다. 그는 이미 식사 준비가 되어 있는 방으로 들어가 어제의 주간 신문을 읽고 있었다. 곧 주인이 돌아오고, 수프가 들어와 식사가 시작되었다.

식사 후 셋이서 15분 정도 카드 놀이를 했다. 크눌프는 카드를 가지고 새롭고 재미있는 요술을 몇 번 부려 부인을 놀라게 했다. 장난 삼아 카드를 섞은 다음 다시 빨리 맞추기도 했다. 또 능숙한 솜씨로 카드 장을 책상 위에 던지기도 하고, 엄지손가락으로 이따금 카드 끝을 척척 쓰다듬기도 했다. 주인은 노동자나 직공들이 밥도 안 생기는 이러한 유희를 즐기듯이 눈을 크게 뜨고 재미있게 바라보고 있었다. 부인은 크눌프의 사교와 처세술에 능한 이 모습을 그 방면에 대해 잘 아는 듯 관심을 가지고 보고 있었다. 그녀의 눈은 크눌프의 길고 부드러운 손을 유심히 바라보고 있었다.

작은 유리창을 통해 엷은 햇빛이 흘러들어서 희미한 그림자를 던지고 있었다. 그 빛은 그릇과 카드 위까지 투영되고, 그 그림자가 푸른 천장에 반사되어 흔들리고 있었다. 크눌프는 빛에 눈이 부신 듯 눈을 가늘게 뜨고 그 모습을 바라보았다. 2월의 햇빛의 희롱, 고요하고 평화스러운 방, 친구의 건실하고 부지런한 일꾼의 표정, 아름다운 부인의 의미 있는 듯한 눈초리…… 그러나 이 모든 것은 그에게 무슨 목적이나 행복을 주는 것은 아니었다. 자기가 만약 건강하고 지금이 겨울이 아닌 여름이라면 이런 곳에 잠시도 앉아 있지 않았을 것이라고 생각했다.

로트프스가 카드를 챙겨 모으며 시계를 쳐다볼 때 그가 말했다.

"햇볕이나 좀 쬘까."

그는 주인과 같이 계단을 내려가서 주인은 가죽 건조실에 남겨둔 채 인적 없는 좁은 잔디밭에 발을 들여놓았다. 잔디밭은 피혁 공장에서 사용하는 물통을 늘어놓아 잔디가 끊기곤 했지만 작은 시냇가까지 계속되었다. 그곳에 피혁공은 조그마한 다리를 놓았다. 그곳에서 그는 가죽을 씻곤 하는 것이었다. 크눌프는 작은 다리 위에 앉아 소리 없이 빠르게 흐르는 물위에 신발 바닥을 철썩철썩 닿게 했다. 검은빛의 물고기들이 발 밑에서 재빨리 헤엄쳐 가는 것을 재미있게 바라보았다. 그리고 호기심을 가지고 주위를 살피기 시작했다. 간밤의 젊은 처녀와 이야기할 기회를 찾으려는 생각에서였다.

로트프스의 집과 옆집 사이에는 버려 둔 목책이 쌓여 자연적으로 담이 만들어져 있었다. 그리고 냇가에 가까이 있는 목책은 썩어 없어져 자유롭게 지나다닐 수 있게 되어 있었다. 피혁공의 정원이 황폐한 데 비하면, 옆집 정원은 손이 많이 간 것같이 보였다. 화단은 네 줄로 풀이 덮여 있고 겨울 동안 내버려둔 듯 허물어져 있었다. 또 겨울을 지낸 시금치가 길 양쪽에 흩어져 있고, 작은 장미가 몇 그루 머리를 땅에 숙이고 서 있었다. 그리고 아름다운 소나무 몇 그루가 서 있어 집이 가려져 있었다.

크눌프는 이웃 정원을 엿보고 나서 소나무 곁으로 사뿐사뿐 걸어갔다. 나무 사이로 집이 보이고 뒤꼍으로 부엌이 있었다. 얼마 기다리지도 않고 부엌에서 소매를 걷고 일하고 있는 처녀를 발견했다. 그 옆에 여주인이 서서 이것저것 지시하며 가르치고 있었다. 이 부인은 익숙한 하녀를 두면 돈이 많이 들기 때문에 해마다 새 사람을 두고, 칭찬할 줄 모르는 타입같이 보였다. 그러나 그 여자의 지휘나 불평에는 악의가 없는 것 같았다. 그래서 처녀도 그런 것에 개의치 않고 침착하고 기분 좋게 일하는 것 같았다.

침입자는 나무에 기대서서 머리를 내밀고 사냥꾼 같은 호기심과 주의를 기울이고 있었다. 시간이 걸리는 것은 문제가 아니었다. 관찰자나 방청자로서 참을성 있게 기다리는 자세로 그쪽을 살피고 있었다. 창문으로 여자의 모습이 보일 때마다 그의 마음은 기뻤다. 주인은 말투로 보아 레히시데텐 사람은 아니고, 이곳에서 몇 시간 걸리는 산골에서 온 사람이라는 것을 알 수 있었다. 크눌프는 향기 나는 소나무 가지를 붙들고, 부인이 들어가서 부엌이 조용해지기까지 반 시간, 아니 한 시간 동안이나 가만히 엿듣고 있었다. 드디어 부인의 모습이 사라졌다.

크눌프는 부엌이 조용해진 후에도 그냥 잠시 기다렸다가, 가만히 걸어가서 마른 나뭇가지로 부엌 창문을 두드렸다. 처녀는 못 들은 것 같았다. 그는 다시 두어 번 두드렸다. 그제야 처녀는 반쯤 열려 있는 창문을 활짝 열어젖히고 밖을 살피는 것이었다.

"어머나, 웬일이세요?"

그녀는 숨을 죽이며 나지막이 말했다.

"깜짝 놀랐어요!"

"놀랄 건 없어요."

크눌프는 웃으며 대답했다.

"어떻게 지내시는지 보고 싶었을 뿐입니다. 오늘은 토요일이니까, 내일 오후에 당신과 데이트할 시간이 있을지 알고 싶군요."

처녀는 그를 빤히 쳐다보더니 머리를 흔들었다. 그리고 낙망하여 슬픈 표정을 짓고 있는 크눌프가 안쓰러운 생각이 들었는지 변명하듯 말했다.

"내일 오전엔 교회에 가야 하기 때문에 시간이 없어요."

"그렇군요. 그럼 오늘 저녁에는 같이 나갈 수 있을까요?"

크눌프는 중얼거리듯 말했다.

"오늘 저녁에요? 지금부터 일은 없지만 고향 집에 편지를 쓰려고 하는데요."

"그래요? 그런 것쯤은 한 시간 뒤에 써도 괜찮지 않겠어요? 편지는 아무래도 오늘 가는 건 아니니까. 당신과 다시 한 번 이야기하고 싶어서 왔습니다. 그리고 오늘 저녁에 비가 안 온다면 같이 산책이라도 했으면 하고 생각했었지요. 좋지요, 네? 나를 경계할 필요는 조금도 없어요."

"경계하는 건 아니지만, 남자와 같이 산책하는 걸 누가 보면 어떡해요?"

"베르벨레, 이곳엔 당신을 아는 사람이 없잖아요. 그리고 뭐 나쁜 일도 아니고요. 아무도 뭐라고 하지 않을 겁니다. 이젠 여학생도 아니고, 무슨 상관이 있습니까? 자, 잊지 마십시오. 8시에 저 아래 광장 옆에 있는 우시장 목책 있는 데서 기다리겠습니다. 좀더 이른 것이 좋을까요? 전 아무래도 좋습니다만."

"아니에요, 아니에요, 시간이 너무 이르면 안 돼요. 나갈 수가 없어요. 안 돼요, 그렇게 할 순 없어요……."

크눌프는 다시 어린아이 같은 표정을 지었다.

"정 안 된다면 할 수 없지요."

그는 슬픈 듯 말했다.

"나는 혼자 이렇게 생각했습니다. 당신은 이곳에 아는 사람도 없고 해서 외로울 거라고. 그래서 종종 고향 생각을 할 거라고. 나도 또한 그래서 잠시 서로 아흐트하우젠 이야기라도 하려고 했습니다. 그곳에는 나도 한 번 갔던 일이 있으니까요. 억지로 그러자는 것은 아닙니다. 나쁘게 생각하지 마십시오."

"어머, 나쁘게 생각하다니요! 그저 갈 수 없다는 거지요."

"오늘 저녁 틈은 있어도 마음이 내키지 않는 거겠지요. 베르벨레, 그러나 좀더 생각해 보세요. 자, 나는 가야겠습니다. 오늘 저녁에 체육관 옆에서 기다리고 있겠습니다. 그런데 만일 오시지 않으면 혼자 산책을 하며, 당신을 그리면서 지금쯤 아흐트하우젠으로 편지를 쓰고 있겠지 하고 생각하렵니다. 자, 안녕히 계세요. 나쁘게 생각하지 마십시오!"

그는 머리를 끄덕이며 여자가 말할 겨를도 주지 않고 훌쩍 가 버렸다. 그녀는 나무 뒤로 사라지는 그의 뒷모습을 바라보며 쓸쓸한 표정을 지었다. 여자는 다시 일을 시작했다. 그리고 갑자기 소리 높여 아름답게 노래 ― 부인은 외출을 했죠 ― 를 부르기 시작했다.

그 노랫소리는 크눌프의 귀에도 잘 들려왔다. 그는 다시 다리 위에 앉아서 식사할 때 넣어 두었던 빵 조각으로 작은 알갱이를 빚어,

그것을 하나하나 물에 던지며 가라앉는 것을 바라보았다. 그것들은 잠시 물결에 휩쓸리다가 어두운 물 밑으로 가라앉는가 하면, 고요한 유령 같은 물고기들이 다가와 삼켜 버리는 것이었다.

저녁을 먹을 때 로트프스가 말했다.

"아! 드디어 토요일 저녁이네. 한 주일 내내 일한 사람에겐 토요일이 얼마나 즐거운지 자넨 모를 거야."

"이 사람아, 나도 잘 아네."

크눌프는 웃으며 말했다. 그러자 부인도 같이 웃으며 그의 얼굴을 장난스레 쳐다보았다.

"오늘 저녁엔 우리 맥주나 한잔하세. 당신, 어서 좀 가져오구려. 그리고 내일 날씨가 좋으면 우리 셋이서 같이 소풍이나 가세. 어떤가, 친구?"

크눌프는 그의 어깨를 툭 쳤다

"자네 집은 참 즐겁군. 내일 소풍은 찬성이네만, 오늘 저녁은 안 되겠어. 저 건너 대장간에서 일하는 친구가 하나 있는데, 내일 떠난다니까 좀 만나 봐야 되겠어. 안됐지만 대신 내일은 종일 같이 지내세. 그럴 줄 알았으면 오늘 약속을 안 할 걸 그랬어."

"아직 몸도 성하지 않은데, 밤바람을 쐬고 돌아다니려는 건 아니겠지?"

크눌프는 일어섰다.

"자넨 언제나 제멋대로니까. 그럼 다녀오게. 열쇠는 계단 뒤쪽 끝에 놓아두지. 어딘지 알겠나?"

"자, 갔다 오겠네. 나 기다리지 말고 일찍 자게. 부인께서도 안녕히 주무세요."

크눌프가 아래층 현관에 이르렀을 때 부인이 급히 따라 내려왔다. 부인은 우산을 가져왔다. 크눌프는 할 수 없이 그 우산을 가지고 가야 했다.

"몸조심하세요, 선생님! 그리고 열쇠 두는 곳을 알려 드릴게요."

여자는 이렇게 말하며 크눌프의 손을 잡고 어둠 속으로 집 모퉁이를 돌아 덧문이 닫힌 작은 창가로 가서 멈췄다.

"이 덧문 뒤에 열쇠를 놓아두었어요."

이렇게 말하는 부인의 목소리가 가느다란 흥분에 떨고 있었다. 그녀는 크눌프의 손을 만지작거리며 말했다.

"창문 한쪽 끝에 두었으니까 덧문 옆으로 손을 집어넣으면 돼요."

"고맙습니다."

크눌프는 급히 대답을 하며 손을 뺐다.

"돌아오실 때까지 맥주를 남겨 둘까요?"

부인은 다시 말을 걸며, 가만히 그에게 몸을 기댔다.

"아닙니다. 고맙습니다만, 저는 그렇게 술을 못합니다. 다녀오겠습니다. 로트프스 부인, 고맙습니다."

"그렇게 바쁘신가요?"

부인은 정답게 속삭이며 크눌프의 팔을 붙잡았다. 그녀의 얼굴이 그의 얼굴 가까이 다가왔다. 그는 억지로 밀어 버릴 수도 없어 말없이 여자의 머리카락을 쓰다듬었다.

"자, 이젠 가야겠습니다."

그는 갑자기 소리를 높이며 뒤로 물러섰다.

그녀는 반쯤 벌어진 입술로 그에게 미소를 보냈다. 어둠 속에서 여자의 이가 하얗게 번득이는 것이 보였다. 여자는 낮은 목소리로 말했다.

"기다리겠어요, 돌아오실 때까지. 저는 당신이 좋아요."

크눌프는 우산을 옆에 끼고 어두운 거리를 걸어 첫 모퉁이를 돌아갈 때, 어리석게도 설레는 가슴을 진정시키기 위해 휘파람을 불기 시작했다. 그것은 이런 노래였다.

데리고 나갈 줄 생각하는가,
그러나 그것은 어리석은 일.
그대와 같이 사람들 앞에 서면,
나는 부끄러워 어쩔 줄 모를 거야.

후텁지근한 바람이 불고 검은 하늘에는 이따금 별이 보였다. 한 술집에서는 토요일 저녁이라 젊은이들이 북적거리고 있었다. 그리고 공작정에 이르니 창문을 통해 유리알 굴리기 놀이를 하는 것이 보였다. 이 새로운 놀이로 손에 구슬을 들고 담배를 입에 문 사람들이 많았다.

　체육관이 있는 근처에 와서 크눌프는 발을 멈추고 사방을 둘러보았다. 앙상한 밤나무 사이로 습기 찬 바람이 고요히 불고 있었다. 검은빛을 띤 강은 소리 없이 흘렀고, 창에 비친 몇 개의 불빛이 숲 속에서 하늘거리고 있었다. 고요한 밤이 방랑아의 전신을 즐겁게 해 주었다. 냄새를 맡듯 숨을 크게 들이마시니 봄이, 따뜻한 기운이, 메마른 거리가, 그리고 방랑자의 생활이 아련히 느껴졌다. 그의 풍부한 기억을 통해 마을과 계곡과 이 지방 전체의 모양을 그려 보았다. 모든 것이 눈에 익었다. 큰길, 작은 길, 거리, 마을, 집들, 그리고 숙소로 정했던 적이 있는 낯익은 집들이 눈에 선했다.

　그는 곰곰이 생각한 후 다음 여정을 세웠다. 레히시데텐에는 더 머무를 수가 없었다. 부인만 괴롭히지 않는다면 친구를 위해 이번 주일만이라도 지내고 떠나련만……. 그는 피혁공에게 부인한테 충고하라고 말하고 싶었다. 그러나 친구의 고통을 생각하면 참견하기 싫었고, 또 남들이야 선하든 악하든 참견할 필요가 없다고 생각했다. 어쨌든 현재의 상태는 슬펐다. 옥센에서 여급으로 일하던 그 부인에게 그는 별 호감을 갖고 있지 않았다. 그리고 가족이니 결혼의 행복이니 하고 설교를 하던 피혁공의 말에 대해서도 경멸하고 있었던 것이다. 자기의 행복이나 미덕에 대해 자랑하며 떠들어도 그것은 아무 소용이 없다는 것을 그는 잘 알고 있었다. 양복점 주인의 신앙심에 대해서도 마찬가지였다. 다른 사람의 어리석은 일을 보고 웃거

나 동정할 수는 있을 것이다. 그러나 각자가 스스로 선택하여 걸어
가는 길에 참견을 할 수는 없는 것이었다.

깊은 생각에 잠겼던 크눌프는 한숨을 쉬며 우울한 감정을 떨쳐
버리려고 했다. 고목이 다 된 밤나무에 몸을 기대고 다리 쪽을 향해
서서 다시 여정을 생각했다. 될 수 있으면 슈바르츠발트 지방을 넘
어가고 싶었으나 그곳은 아직 추울 것이고, 아마 눈이 덮여 있을 것
이다. 그리고 장화도 못 신게 될 것이고, 숙소도 멀리 떨어져 있을
것이다. 그러니까 역시 계곡을 따라 거리에서 거리로 묵으면서 가야
할 것이다. 강을 따라 네 시간쯤 내려가면 힐센밀레가 나오니까, 그
곳을 안전한 첫 번째 휴식처로 삼아도 좋을 것이다. 만일 날씨가 좋
지 않으면 그곳에서 이틀 정도 묵고 떠날 수도 있다.

이런 생각에 잠겨 사람을 기다린다는 생각도 잊고 있었는데, 바람
이 부는 어두운 다리 위에 가냘프고 불안한 모습이 나타나더니 주
저하는 듯하며 가까이 걸어오는 것이었다. 그 처녀라는 것을 금방
알 수 있었다. 그는 기쁨에 넘쳐 그쪽으로 달려가며 반가이 모자를
흔들었다.

"베르벨레, 와 줘서 고마워요. 거의 단념하고 있었는데……."

크눌프는 그녀의 왼쪽에 서서 강 위쪽을 향해 숲 속 길을 걸었다.
여자는 수줍어 부끄러워하고 있었다. 여자는 몇 번이나 되풀이해서
말했다

"이건 좋지 않아요. 누가 보지 않았으면 좋겠어요."

크눌프는 이것저것 물었다. 차츰 그녀의 발걸음은 안정을 되찾고 규칙적으로 걸어가고 있었다. 그리하여 나중에는 다정한 벗같이 옆에 서서 가볍고 활발하게 걸어갔다. 크눌프의 질문과 항의에 자극을 받으며 고향에 대해, 부모 형제에 대해, 오리와 닭에 대해, 우박과 병에 대해, 결혼식과 교회 창립 기념제에 대해 그들은 재미있고 기쁘게 이야기를 나누었다. 이렇게 이야기의 실마리가 아름답게 풀리기 시작하자, 그가 생각했던 것보다 모든 감정이나 생각이 풍부한 사람이라는 것을 그녀는 느꼈다. 그리하여 나중에는 고향을 떠나와서 일하게 된 이야기와 현재 지내는 일, 그리고 주인의 집안 형편까지 화제가 되었다.

그들은 거리에서 멀리 떨어진 곳에 와 있었다. 그러나 베르렐레는 그것에 신경 쓰지 않았다. 여자는 낯선 곳에서 몇 주일 동안이나 말할 상대도 없이 우울하게 지내다가 마음껏 말할 수 있게 되어 몹시 유쾌한 모양이었다.

"어머나, 여기가 어디예요?"

그녀가 갑자기 놀라며 소리를 질렀다.

"어디까지 가는 거예요?"

"좋으시다면 게르텔핀겐까지 갑시다. 이제 거의 다 왔어요."

"게르텔핀겐엔 가서 무얼 해요? 돌아가요. 늦었어요."

"몇 시까지 돌아가면 됩니까?"

"10시까지 가야 해요. 시간이 다 됐어요. 참 좋은 산책이었어요."

“10시까지면 아직 멀었습니다. 그때까지는 돌아가게 해 드릴게요. 이렇게 젊어서는 다시 못 만날 테니까, 오늘 한 번만은 마음껏 춤을 춰 보았으면 하는데요. 춤추기가 싫으신가요?”

그녀는 긴장해서 말했다.

“춤이라면 언제나 좋아요. 그러나 어디서 추지요? 밤중에 이런 데서 어떻게 추겠어요?”

“이제 곧 게르텔핑겐에 닿게 됩니다. 그리고 그곳 사자정에는 음악도 있습니다. 그곳에 가서 춤을 한번 추고 돌아오면 유쾌한 하루 저녁을 지냈다는 생각이 들 겁니다.”

베르벨레는 망설이며 서 있었다.

“유쾌할 거예요.” 하고 여자는 조용히 입을 열었다.

“그러나 사람들이 우리를 어떻게 생각할까요? 나를 그런 여자로 볼까 봐 싫어요. 그리고 남들이 우릴 그렇고 그런 사이로 보는 것도 싫어요.”

그러더니 갑자기 쾌활하게 웃으며 소리 높여 말했다.

“그런데 후에라도 애인이 생긴다면 피혁공은 싫어요. 선생님에겐 실례가 되겠지만, 피혁 일은 그렇게 깨끗한 일 같지가 않아요.”

크눌프는 악의 없이 대답했다.

“당신은 나 같은 사람과 결혼해서는 안 됩니다. 그런데 아무도 내가 피혁공이라는 것과 당신이 그렇게 자부심이 강하다는 것을 모를 겁니다. 그리고 나는 손을 깨끗이 씻었으니까, 당신만 좋으시다면 한번 같이 추렵니다. 그렇지 않으면 돌아가시든가요."

밤인데도 마을의 첫째 집 바람벽이 나무 사이로 보였다. 크눌프가 갑자기 "저것 봐요!" 하며 손가락으로 가리켰다. 마을에서 아코디언과 바이올린의 무도곡이 들려왔다.

"그럼 가세요!"

그녀는 웃었다. 두 사람은 발걸음을 빨리했다.

사자정에서는 청춘 남녀들이 너덧씩 그룹을 지어 춤을 추고 있었다. 아는 사람이 아무도 없었다. 모두들 조용히 점잖게 춤을 추고 있었는데, 새로 낯선 한패가 가담했는데도 아무도 이상하게 생각하지 않았다. 렌틀러를 추고 폴카를 같이 추었다. 다음에는 왈츠가 나왔다. 베르벨레는 왈츠는 출 줄 몰랐다. 둘은 남아서 구경을 하며 맥주를 마셨다. 크눌프의 호주머니가 더 이상 허락하지 않았던 것이다. 베르벨레는 춤을 추는 동안 상기되어 눈을 반짝거리며 작은 홀 안을 둘러보았다.

"돌아갈 시간이 되었군요."

9시 반이 되자 크눌프가 말했다.

그녀는 깜짝 놀라 일어났지만 좀 섭섭한 표정이었다.

"아, 벌써 그렇게 되었나!"

그녀는 숨을 죽이며 말했다.

"좀더 있어도 좋아요."

"아니에요, 가야 해요. 참 재미있었어요."

자리를 떠나 문 밖으로 나올 때 그녀가 말했다.

"악대에게 아무것도 주지 못했어요."

크눌프는 좀 당혹해서 말했다.

"20페니짜리 하나는 주었어야 했지만, 마침 지갑이 비어서……."

"왜 말씀하시지 않았어요. 자, 여기 있어요. 20페니예요. 갖다 주고 오세요!"

크눌프는 돈을 받아 가지고 악사들에게 갖다 주었다. 그러고 나서 그들은 사자정을 나와 문 밖에 나서자, 어둠 속에서 갈 길을 찾기 위해 잠시 서 있어야 했다. 바람이 아까보다 강해졌고 빗방울이 떨어지기 시작했다.

"우산을 쓰실까요?"

크눌프가 물었다.

"아니에요. 바람이 강해서 우산을 써도 소용이 없을 거예요. 홀 안은 참 좋았어요. 그런데 선생님은 댄스 교습소 강사처럼 잘 추시던데요."

여자는 즐겁게 지껄였다. 그러나 크눌프는 잠잠히 있었다. 아마 곧 이별하게 될 것을 슬프게 생각하는 모양이었다.

갑자기 그녀가 노래를 부르기 시작했다.

나는 때로는 네카어 강변에서

때로는 라인 강변에서 김을 맨다오.

여자의 목소리는 부드럽고 맑았다. 2절부터는 크눌프도 따라 불렀다. 크눌프의 베이스 목소리는 정확하고 깊고 아름다워 그녀는 반한 듯 노래를 멈추고 듣고 있었다.

"자, 이젠 고향 생각이 잊혀졌나요?"

노래가 끝나자 크눌프가 물었다.

"네."

그녀는 명랑하게 웃었다.

"우리 언제 또 한 번 와요, 네?"

"안됐지만 아마 이것이 마지막이 될 겁니다."

크눌프가 힘없이 대답했다.

그녀가 갑자기 발걸음을 멈추었다. 여자는 무심코 듣고 있었으나, 그의 슬픈 가락의 음성이 그녀의 마음을 두드린 것이었다.

"아, 뭐라고요?"

그녀는 놀라며 다시 물었다.

"제가 뭘 잘못했나요?"

"아닙니다, 베르벨레. 나는 내일 떠나야 합니다. 벌써 주인한테 말해 두었습니다."

"무슨 말씀이세요? 정말이세요? 아이, 전 싫어요."

"내일을 위해서 슬퍼할 필요는 없습니다. 아무래도 이곳에 오래 머무를 수는 없고, 또 난 피혁공입니다. 곧 아름다운 애인이 생기겠지요. 그러면 고향 생각도 잊게 될 겁니다. 두고 보세요.”

“어쩌면 그렇게 말씀하세요? 당신이 제 애인은 아닐지 몰라도, 제가 당신을 좋아한다는 것은 아시겠지요?”

둘은 모두 침묵을 지켰다. 바람이 그들의 얼굴을 스쳤다. 크눌프의 발걸음이 점점 느려졌다. 그러나 그들은 벌써 다리 근처까지 왔다. 마침내 그가 발걸음을 멈추었다.

“자, 그럼 헤어집시다. 이젠 혼자 가시는 게 더 좋을 겁니다.”

베르벨레는 정말 슬픈 얼굴을 하고 크눌프를 쳐다보았다.

“그게 정말이세요? 그럼 새삼스럽게 감사의 말씀을 드려야겠네요. 그리고 영원히 잊지 않겠어요. 행복하시기를 빕니다!”

크눌프는 그녀의 손을 잡고 왈칵 끌어당겼다. 그녀가 놀라서 불안한 듯 그의 눈을 보고 있는 사이에, 그는 양손으로 비 맞은 여자의 머리카락을 감싸고 이렇게 중얼거렸다.

“안녕히 계십시오, 베르벨레. 당신을 영원히 잊지 않도록 키스를 허락해 주세요.”

그녀는 순간 경련을 일으키며 뒤로 물러서려 했다. 그때 여자는 비로소 크눌프의 눈이 아름답다는 걸 알게 됐다. 그녀는 눈도 감지 않고 그의 키스를 진심으로 받았다. 그리고 그가 미소를 띠고 주저하며 서 있는 것을 보자, 그녀 편에서 눈물 어린 눈으로 진정 어린 키스를 해 주었다. 그리고 나서 그녀는 재빨리 달아나 어느새 다리까지 갔는가 했더니, 갑자기 다시 돌아오는 것이었다. 크눌프는 그대로 그 자리에 서 있었다.

"베르벨레, 웬일이에요? 돌아가셔야지요."

"네, 알았어요, 돌아가겠어요. 저를 나쁘게 생각하시면 안 돼요!"

"결코 그렇게 생각하진 않을 겁니다."

"그리고 그건 어떻게 되지요? 아까 돈이 한 푼도 없다고 하시지 않으셨어요? 떠나시기 전에 임금을 받으시나요?"

"아니에요, 임금은 더 받을 것이 없답니다. 그러나 상관없어요. 어떻게 될 겁니다. 조금도 염려 마세요."

"아니에요, 주머니에 얼마간 있어야 해요. 자, 여기!"

그녀는 큰 은전 한 개를 크눌프의 손에 쥐여 주었다. 크눌프는 그것이 1탈러짜리 은전이라는 것을 촉감으로 알 수 있었다.

"언제 만나서 돌려주시든가, 후에 송금해 주시면 돼요."

크눌프는 그녀의 손을 놓지 않았다.

"안 됩니다. 이렇게 당신의 돈을 쓰면 안 됩니다. 이것은 1탈러나 되는 돈입니다. 다시 넣어 두세요. 그렇게 해야 합니다. 이렇게 철없는 짓을 해선 안 돼요. 한 푼도 없으니까, 잔돈이 있으시다면 50페니짜리 하나 주신다면 좋아도, 더는 싫습니다."

그들은 다시 몇 걸음 걸어갔다. 베르벨레는 1탈러짜리밖에 가진 것이 없다는 것을 알리기 위해 지갑을 보여 주어야 했다. 지갑에는 1마르크짜리와 그때에도 아직 사용되던 20페니짜리 은전이 있었다. 크눌프는 20페니를 가지려 했으나, 그녀는 그건 너무 적다는 것이었

다. 그래서 크눌프는 아무것도 가지지 않고 떠나려 했으나, 여자는
그에게 끝내 1마르크짜리를 쥐여 주고 집을 향해 종종걸음으로 달
아났다.

돌아가는 도중에 그녀는 왜 그가 한 번 더 키스를 해 주지 않았을
까 하고 계속 생각했다. 한편 그것은 섭섭했고, 또 한편으로는 오히
려 예절 바른 일같이 생각되기도 했다. 결국 그가 한 일이 옳았다고
생각되었다.

크눌프는 집으로 돌아왔다. 방에는 아직 불이 켜져 있었다. 부인
이 자지 않고 그가 돌아오기를 기다리는 모양이었다. 그는 화가 나
서 침을 뱉고, 될 수 있으면 당장 이 밤에 떠나 버리고 싶었다. 그러
나 몸이 피로했고 비가 올 것 같았다. 또한 그렇게 해서 피혁공을
괴롭히고 싶지도 않았다. 그뿐 아니라 오늘밤 장난을 좀 치고 싶은
생각도 들었다. 그리하여 열쇠를 찾아 도둑놈같이 문을 조심스럽게
열고 들어가서 가만히 닫았다. 입을 꼭 다물고 가만히 자물쇠를 잠
근 다음 살그머니 열쇠를 제자리에 갖다 놓았다. 그러고는 신을 손
에 들고 양말 바람으로 계단을 올라갔다. 열린 문틈으로 불빛이 새
어 나오고, 기다리다 지쳐 소파에서 그냥 잠들어 버린 부인의 깊은
숨소리가 들렸다. 그는 들리지 않게 조용히 자기 방으로 올라가서
안으로 문을 꼭 잠그고 잤다.

이튿날 그는 예정대로 길을 떠났다.

크눌프에 대한 회상

그때는 한창 즐거운 청춘 시절이었고 크눌프도 살아 있었다. 우리, 즉 그와 나는 뜨거운 여름날 별 걱정 없이 풍요로운 지방을 방랑하고 있었다. 온종일 황금색의 논밭을 거닐기도 하고 서늘한 호두나무 그늘이나 숲 속에 드러누워 있다가, 저녁에는 크눌프가 농부들에게 이야기하는 것을 듣기도 했다. 또한 크눌프는 어린아이들을 모아 놓고, 손 그림자를 만들어 장난을 치기도 하고 노래를 들려주기도 했다. 나는 듣는 것이 마냥 즐거워 샘을 내지 않았다.

하지만 그가 소녀들에게 둘러싸여 얼굴에 붉은빛을 띨 때, 어떤 때는 소녀들이 킬킬거리며 빈정거리다가도 눈길을 모으고 다소곳이 귀를 기울이고 있을 때에는 나는 종종 그가 행운아란 생각을 하게 되는 것이었다. 그리고 나는 그와 정반대 되는 놈이란 생각이 들었다. 그럴 때는 내가 더부살이같이 생각되어 그를 피해 버린 적이 많았다. 그리고 목사님을 찾아가서 유익한 이야기를 듣거나 하룻밤 자기도 하고, 그렇지 않으면 술집에 가서 말없이 술을 마시기도 했다.

어느 날 오후, 우리는 묘지 옆을 지나갔다. 그곳은 예배당과 함께 마을에서 멀리 떨어져 있는 밭 사이에 있었다. 돌담으로 둘러싸인 그곳은 잡목이 우거져 뜨거운 햇볕을 받으며 고요히 쉬고 있어 마치 평화스러운 고향 같았다. 들어가는 철문 옆에 두 그루의 밤나무가 서 있었다. 문이 잠겨 있어서 나는 그냥 지나치려 했지만 크눌프는 발을 멈추고 돌담을 넘으려고 했다.

내가 물었다

"얼마 걷지도 않고서 또 쉬어 가려는가?"

"물론이지. 그렇지 않으면 곧 발바닥이 부르트고 말 걸세."

"그런가? 그렇다고 하필 공동 묘지에서 쉴 건 뭔가?"

"그게 참 좋다네. 자, 이리 와 보게나. 농부들이란 세상에서는 어디 편하게 지낼 수가 있느냐 말이야. 그래서 땅 밑에서나마 편히 쉬려는 생각인 모양이야. 그래서 힘이 들더라도 묘지 주위에 아름다운 나무를 심어 둔다네."

나는 그와 함께 담을 넘어갔다. 그의 말대로 담을 넘어간 보람이 충분히 있었다. 그곳에는 무덤이 가로세로로 줄지어 있었다. 무덤 앞에는 흰 나무로 만든 십자가가 세워져 있었다. 그리고 무덤 근방에는 푸른 초목과 빨간 꽃이 심어져 있었다. 그곳에는 활짝 핀 메꽃과 제라늄도 있었다. 녹음 아래에는 장미가 함빡 피었고, 정향나무도 오밀조밀하게 잎이 무성했다.

이런 풍경을 잠시 들여다보고 풀밭에 주저앉았다. 여기저기에 풀이 무성하고 꽃이 활짝 피어 있었다. 우리는 편히 쉬면서 더위를 잊고 만족감을 누렸다. 크눌프는 가장 가까운 십자가에 씌어 있는 이름을 보고 말했다.

"이 사람은 엔칠베르크 아우에르라는 사람으로 오십 살을 넘게 살았지. 지금은 아름다운 레제덴 밑에서 편히 잠들어 있다네. 레제덴은 아름다운 꽃이지. 나도 언젠가는 이런 꽃 밑에서 쉬고 싶다네. 그러나 그건 그때 일이고, 지금은 이 꽃을 한 송이 가져야겠네."

내가 말했다.

"그건 그냥 두고 다른 것을 꺾는 게 좋을 거야. 레제덴은 곧 시들 테니까."

그러나 그는 아랑곳없이 그 꽃을 한 가지 꺾어 풀 위에 벗어 놓은 모자에 꽂았다.

"아주 조용한 곳이네그려!" 하고 내가 말했다.

그러자 그는 "정말 그렇지. 주위가 조금만 더 조용하면 땅속에서 하는 말까지 들릴 것 같네."

"그렇기야 하려고. 땅속에서 무슨 말을 한단 말인가."

"단정할 수 없지. 죽음은 흔히 잠자는 것이라 하지 않던가. 그런데 잠을 자면서도 때로는 말을 하기도 하고 더러는 노래를 부르기도 하지 않는가."

"아마 자네라면 그렇기도 하겠지."

"왜 아니겠나. 내가 죽으면 일요일에 처녀들이 와서 내 무덤에 다가와 꽃을 꺾을 것이네. 그럴 때 나는 낮은 목소리로 노래를 불러 줄 걸세."

"그래, 무슨 노래를 부를 건데?"

"무슨 노래냐고? 무엇이든 노래하지."

그는 땅 위에 길게 누워서 눈을 스르르 감고 마치 어린아이 같은 낮은 목소리로 노래를 불렀다.

나는 일찍 무덤으로 갔으니
꽃다운 아가씨들이여
노래를 불러 다오.
이별의 곡을.
내가 다시 태어날 때에는
내가 다시 태어날 때에는
아름다운 소년이 되어 오리라.

노래는 마음에 들었으나 우스워 견딜 수가 없었다. 그의 노래는 아름답고 부드러웠다. 시구는 더러 어설프고 뜻이 온전하지 못했으나 멜로디가 퍽 맑고 아름다워 노래를 더 아름답게 들리게 했다.

"크눌프!" 하고 내가 불렀다

"자네, 아가씨들과 약속을 쉽게 하지 않는 게 좋을 것 같네. 아니면 아가씨들이 자네의 노래를 들어주지 않을 걸세. 이 세상에 다시 태어난다는 건 좋지만 그걸 누가 믿을 수 있단 말인가. 또 자네가 아름다운 청년이 될는지 알 수도 없는 일이고."

"그거야 믿을 수 없는 일이기야 하지. 하지만 그렇게 된다면 여간 좋은 일이 아닌가. 그저께 길을 물어 본 소년 기억나나? 그 소를 몰고 가던 소년 말이야. 나는 그 소년만큼 한번 아름다워 봤으면 좋겠어. 자넨 그렇지 않은가?"

"아니, 나는 그렇지 않네. 나는 언젠가 칠순이 넘은 노인과 사귄 적이 있었네. 그는 눈이 조용하고 착하게 생겼었지. 선하고 지혜롭고 조용한 사람같이 보였다네. 그래서 그때부터 이따금 나도 한번 그런 사람이 되었으면 하는 생각이 들곤 했네."

"그러나 그건 좀 잘못된 생각이야. 대체로 사람의 소원이란 우스꽝스러운 것이지. 이를테면 내가 지금 당장 절을 하면 아름다운 소년이 되고, 자네가 절을 하면 의젓하고 착한 영감이 된다고 하세. 그러나 아마 자네나 나나 절을 하지는 않을 걸세. 그보다 오히려 지금 이대로 있는 것을 더 좋아하는 거지."

"그건 사실이야."

"그럴 테지. 그리고 또 있네. 나는 가끔 이런 생각도 한다네. 이 세상에 존재하는 무엇보다도 아름답고 절대적인 건 몸이 가냘프고 금발 머리를 한 아름다운 젊은 아가씨라고 생각할 수 있겠지. 하지만 때로는 검은 머리의 소녀가 더 예뻐 보인 적도 있단 말이야. 그뿐인가. 아름다운 새가 자유로이 하늘을 날고 있는 것을 볼 때면, 바로 그것이 무엇보다도 아름답고 모든 것 중에서 가장 좋은 것이라고 생각할 때도 있네. 그런가 하면 때로는 나비, 말하자면 날개 위에 빨간 무늬가 있는 흰나비같이 아름다운 것은 없다고 생각한단 말이야. 그리고 어떤 때는 구름 사이로 비치는 저녁놀이 참 기묘할 때도 있네. 만물이 빛나고 있지만 눈부신 것은 아닌데, 실로 순결하고 즐겁게 보일 때가 있단 말이야."

"참 옳은 말일세, 크눌프. 무엇이나 잘 어울리면 세상에는 아름답지 않은 것이란 없지."

"그렇지. 그런데 나는 또 달리 생각한 적도 있다네. 즉 가장 아름다운 것은 언제나 기쁨을 주는 동시에, 또한 슬픔과 불안을 안겨 줄 때 아름다울 수 있다고 생각하네."

"그건 무슨 뜻인가?"

"바로 이런 것이야. 아무리 아름다운 아가씨라 할지라도 때가 있는 게 아니겠나. 늙으면 죽지 않을 수 없지. 그리고 그렇기 때문에 사람들은 아름다운 소녀를 보고 사랑하는 것이 아니겠나. 나는 이렇게 생각하네. 아름다운 것이 영원히 변치 않고 그대로 아름답기만 하다면 처음에는 그것을 보고 기뻐할지 모르지만 점점 냉정한 눈으로 보게 될 것이고, 그까짓 것 언제나 있는 것, 오늘뿐이겠나 하는 생각을 하게 되기 마련이네. 이에 반해 나약한 것, 변하는 것을 볼 때는 기쁨을 느낄 뿐 아니라 슬픔마저 느끼게 된단 말이야.”

“그야 그렇겠지.”

“그래서 나는 밤하늘의 불꽃만큼 아름다운 것을 알지 못한다네. 캄캄한 밤에 공중으로 올라가는 초록빛과 푸른빛이 가장 아름다워질 무렵에, 작은 포물선을 그리며 사라지지 않는가. 그것을 보고 있노라면 기쁨과 함께 불안을 느낀다네. 그것이 서로 맺어져 있기 때문에 순간적일수록 더욱 아름다운 걸세. 그렇지 않은가?”

“그건 그렇지. 그러나 어느 경우에나 그렇다고 할 수야 없겠지.”

“그렇지 않다면?”

“이를테면 두 사람이 서로 좋아해서 결혼을 한다든가, 또는 두 사람이 서로 우정을 맺을 경우, 그것은 오래 지속되고 금방 끊어지지 않기 때문에 아름다운 것이란 말일세.”

크눌프는 나를 똑바로 바라보고 검은 속눈썹을 깜박이면서 생각하는 듯한 태도로 말했다.

“나도 동감이네. 그렇지만 그것도 다른 것과 마찬가지로 언젠가는 끝이 오고야 말지 않겠나. 우정이나 사랑을 깨뜨려 버리는 요인은 세상에 얼마든지 있으니까 말일세.”

“옳은 말이야. 당장 그것이 닥쳐오지 않을 때는 그렇지 않다고 생각할 수 있겠지만.”

“글쎄, 어떨까. 자, 내 말을 들어 보게. 나는 말이야 지금까지 두 번 연애를 했지. 진실한 사랑이었다고 생각하고 있네. 두 번 다 영원히 계속되어 죽기 전까지는 변치 않을 줄로 믿고 있었다네. 그런데 두 번 다 깨졌고, 난 아직도 이렇게 살아 있지 않은가. 그리고 고향에 친구도 한 사람 있었지. 우리는 일생 동안 우정이 계속될 줄 알았네. 그러나 벌써 오래전에 우리는 서로 헤어져 버리고 말았단 말이야.”

크눌프는 입을 다물었다. 나는 더 무슨 말을 해야 좋을지 알 수가 없었다. 아직 나는 사람과 사람 사이의 온갖 관계 속에 잠겨 있는 쓰라린 것을 미처 체험하지 못했던 때였고, 사람들 간에 아무리 밀접한 관계를 맺는다 해도 언제나 그 사이에는 심연이 있어 애정이라는 다리를 통해서만 거래된다는 것을 경험하지 못했던 때였다.

나는 친구가 한 말을 회상했다. 그중에서 불꽃 이야기가 가장 마음에 들었다. 그것은 여러 번 내 자신이 그런 경험을 했기 때문이었다. 하늘 높이 올려진 은은한 매력적인 불꽃, 올라가자마자 꺼지는 그 광경은 아름다우면 아름다울수록 빨리 꺼지는 모든 인간 관계의 사랑의 상징같이 보였다. 나는 그것을 크눌프에게 이야기하지 않을 수 없었다. 그러나 크눌프는 거기에 대해 별다른 반응을 보이지 않았다. “응, 그래.” 하고 대답할 뿐이었다. 그러고 나서 한참 만에 아주 소리를 죽여 말하는 것이었다.

“이렇다 저렇다 하고 깊이 생각해 본들 아무런 가치가 없는 것이네. 사람은 실제로 생각한 대로 되는 것이 아니야. 솔직히 말하면 사람이 하는 일이란 하나같이 생각 없이 마음 내키는 대로 하게 마련일세. 하지만 우정이나 사랑은 아마 내가 말한 것과 같을 것일세. 결국 사람은 다 자기 나름의 세계를 지니고 있을 뿐이지. 결코 다른 사람과 공통의 것을 지닐 수 없는 거야. 누군가가 죽었을 때 잘 알수 있네. 하루 동안, 아니 한 달, 더 길게는 일년을 두고 슬퍼하겠지. 그러나 결국은 다 잊어버리고 죽은 사람은 죽은 사람일 뿐이야. 고향도 아는 사람도 하나 없는 어린 직공이 관 속에 누워 있는 거나 다를 것이 있겠는가 말일세."

"크눌프, 그 말은 참으로 유쾌한 것이 못 되는군. 우리는 종종 이런 말을 한 적이 있었지. 인생은 결국 의미를 가져야 한다고. 악하다거나 남과 원수지지 않고 착하고 친절하게 살아간다면 그 삶은 가치 있는 생이라고 말일세. 그런데 지금 자네 말대로라면 도둑질을 하거나 사람을 죽였다고 해도 결과적으로는 똑같다는 말이 아닌가."

"그렇다고는 할 수 없지. 할 수 있다면 닥치는 대로 사람을 죽여보게! 아니면 노랑 나비가 파랑 나비가 되기를 빌어 보게나. 나비는 자네를 조롱할 것이 아닌가."

"그런 뜻으로 말한 건 아니네. 모든 것이 같다고 한다면 착하고 성실하게 사는 것은 아무런 뜻도 가질 수 없지 않겠나. 누런 색깔이 푸른 색깔과 똑같고, 착한 것도 악한 것도 다른 것이 없다면, 착한 것이란 아무것도 존재하는 것이 없겠지. 그렇다면 모든 것이 숲 속의 짐승처럼 되고 본능대로 행동해도 죄 될 것이 있겠는가."

크눌프는 한숨을 쉬었다.

"아, 그렇게 말하니 할말이 생각나지 않는군. 아마 자네가 말하는 대로일 걸세. 의지라는 것은 아무 가치가 없는 것이 되고, 모든 것은 우리와 관계없이 제 나름대로 흘러가는 것이니 하고 생각되니, 사람들은 거기에 대해 어리석게도 고민하는 걸세. 그러므로 역시 죄는 존재하게 되는 것이지. 설사 그것이 피치 못할 일이라고 하더라도 말일세. 그 까닭은 자신이 그렇게 느끼는 까닭이기도 하지. 뭐라 해도 착한 일을 하면 마음이 편안하고 양심에 만족감을 느끼게 마련이니 착한 것은 역시 옳은 것이 확실하네."

나는 그의 표정을 보고서 그가 이런 이야기에 그만 싫증이 났다는 것을 알 수 있었다. 그는 이런 일이 자주 있었다. 철학적인 문제를 꺼내고 원칙을 세우고 그것을 논하다가, 갑자기 그만 걷어치우는 것이었다. 처음에는 나의 불충분한 대답과 다른 견해에 싫증이 나서 그런 것이 아닌가 하고 생각했다. 그러나 그게 아니었다. 그는 그의 습성에 따라 사색하다가, 그의 지식과 표현 능력으로 도달할 수 없는 경지에 이른 것을 느끼기 때문이었다.

그는 많은 책을 읽었다. 특히 톨스토이의 것을 많이 읽었다. 그러나 진리와 궤변의 결론을 언제나 정확하게 판단하지 못하는 것이었다. 그것을 그 자신도 느끼고 있었다. 그는 마치 영리한 아이가 어른에 대한 비판을 하듯이 학자에 대해 이렇게 말했다. 학자들이 자신보다 큰 힘과 수단을 가진 것은 인정하지만, 학자가 하는 일이란 제

대로 되는 것이 없고 온갖 기교를 다 부려 보아도 수수께끼 하나 제
대로 풀지 못하는 존재라고 경멸하는 것이었다.

그는 두 팔 위에 머리를 얹고서 드러눕더니, 검은 나뭇잎 사이로
푸른 하늘을 쳐다보며 라인 강의 오래된 민요를 부르는 것이었다.
아직도 나는 그 마지막 절을 기억하고 있다.

젊은 날엔 빨간 저고리를 입었는데
이제 검은 상복을 입어야 하는가.
육 년 칠 년 세월이 흘러
사랑하는 그이가 사라지기까지.

저녁 늦게까지 우리는 숲 속 어두운 곳에 서로 마주 앉아 있었다.
제각기 손에 큰 빵 조각을 들고 먹으면서 어둠이 깔리는 것을 보고
있었다. 조금 전까지도 저녁놀의 황금빛에 비껴서 털 모양으로 나부
끼는 엷은 햇빛에 녹아 가던 산등성이는, 이미 어둠에 깔려 나무와
밭 두렁 가시덤불을 검게 하늘에 그렸다. 산등성 너머 하늘은 아직
얄팍한 여광을 띠고 있었지만, 깊은 밤의 푸름은 더욱 짙어 갔다.
아직 밝은 빛이 있을 동안 우리는 『독일 손풍금 가곡집』이라는
작은 책을 꺼내 재미있고 우스꽝스런 노래를 서로 읽고 있었다. 그
속에는 우습고 즐거운 속된 노래가 목판화와 함께 실려 있었다. 해
가 져서는 그것마저 읽을 수 없게 되었다. 저녁 식사가 끝나자 크눌

프는 음악을 들려 달라고 했다. 나는 주머니에서 빵 부스러기가 말라붙은 하모니카를 꺼내 잘 닦아서, 귀에 익은 노래를 몇 곡 더 불렀다. 우리가 앉아 있는 주위는 이미 어둠이 감싸고 있었다. 하늘도 바랜 빛을 잃어 가면서 차츰 어둠이 퍼져 감에 따라 별이 하나 둘 반짝이기 시작했다. 우리의 하모니카 소리는 가볍고 연하게 벌판 위로 퍼져 허공으로 사라져 갔다.

"아직 자기는 이르지?"

크눌프에게 말을 건넸다.

"이야기나 하나 해 주게. 사실이 아니라도 좋네. 동화라도 좋고."

크눌프는 무엇인가 생각하더니, "그러지." 하고 말했다.

"이야기라고도 할 수 있고 동화라고도 할 수 있지. 둘 다라고 해도 좋고. 즉, 꿈 이야기야. 작년 가을에 꾼 꿈이지. 그런데 그 후로 두 번이나 비슷한 꿈을 꾸었단 말이야. 그 이야기를 하겠네." 하고 그는 이야기를 시작했다.

"어떤 골목길이었지. 어쩌면 내 고향의 골목길과 같았네. 나는 그 길을 죽 걸어갔지. 퍽 오랜만에 고향에 돌아온 것 같았어. 그러나 모든 것이 달라 보여 갈피를 잡을 수가 없었지. 혹 잘못 온 것이 아닌지, 고향이 아닐지도 모른다는 마음에서 마냥 기뻐할 수도 없는 기분이었지. 길모퉁이들은 옛날 그대로였어. 곧 눈에 익은 집도 많이 보였으나 낯선 집도 드물지 않았네. 다리와 시장으로 통하는 길도 보이지 않았어. 대신 낯선 공원과 교회 옆을 지나갔지. 그것은 퍽른과 바젤에서 보던 교회와 같았어. 두 개의 큰 탑이 있었지. 고향의 교회에는 탑이 없었어. 적당히 만든 지붕 위에 뚜껑이 없는 짧은 네모 탑이 붙어 있을 뿐이었네. 그전에 잘못 지어서 탑을 완성할 수가 없었기 때문이야. 거리의 사람들도 또한 마찬가지였지. 멀리서 볼 때에는 아는 사람들이 있는 것 같았어. 이름까지도 기억해서 이름을 부를 수 있을 것만 같았지. 그러나 이름을 부르기 전에 어떤 사람은 집으로 들어가고, 어떤 사람은 옆길로 사라져 버리는 것야. 그리고 가까이 다가와서는 내 옆을 지나가는 사람들도 다른 사람으로 변해 전혀 모르는 사람이 되고 마는 것이 아닌가. 그러나 멀리 간 후에 뒤돌아보면 역시 아는 사람같이 보였어. 어떤 가게 앞에 몇 사람의 부인이 서 있었지. 그중 한 사람은 돌아가신 숙모님 같았어. 그래서 가까이 가 보았더니, 그 부인들은 전혀 알지 못하는 사람이 되어 버리는 것이었네. 그들은 내가 전혀 알아들을 수 없는 다른 지방의 사투리로 지껄이고 있었어. 결국 나는 이런 생각을 하게 되었지. 고향이든 아니든 하여튼 이 거리에서 떠나야겠다고. 그러면서도 몇 번이나 다시 낯익은 집으로 달려가 보고 안면 있는 사람을 쫓아가 보기도 했지. 그러고 보니 그들은 나를 미친 사람 취급을 하는 것이었어. 하지만 나는 불쾌하지도 않고 화를 내지도 않았지. 단지 슬프고 불안한 마음이 가득할 뿐이었어. 기도문을 외어 보려고 갖은 애를 다 써도 생각이 나지 않더군. 어리석은 말, 이를테면 '대단히 존경하는 선생' 같은 말만 생각날 뿐이었지. 그런 어구를 나는 힘없이 입으로

되뇌고 있었네. 그렇게 몇 시간인가 계속되었어. 나중에는 온몸이
활활 달아오르고 피로해져서 정신없이 터벅터벅 걸었지. 이미 저녁
때가 되어 있었어. 이번에는 처음 만나는 사람을 붙잡고, 여관이 어
디 있는지 큰길이 어디 있는지 물어 볼 생각을 했지만 물어 볼 수가
없었네. 모두들 그냥 모르는 척하고 지나가 버리는 것이었어. 나는
피곤하고 낙심한 나머지 울고 싶은 심정이었지. 다시 어떤 모퉁이를
돌았네. 거기에는 낯익은 고향길이 뻗어 있었어. 좀 달라지기도 하
고 단장이 되어 있었지만 조금도 마음에 걸리지 않았어. 나는 신바
람이 나서 마구 달려갔네. 집을 연달아 지나쳤지만, 꿈속에서 완연
히 분간할 수 있었어. 마지막으로 내가 태어난 옛집을 발견했지. 역
시 부자연스럽게 집이 약간 높아 보였어. 그러나 옛날과 별다른 점
이 없었어. 기쁨과 흥분이 오싹 등을 스쳤지. 문 어귀에는 나의 옛
애인이 서 있었네. 그녀의 이름은 헨리에트였어. 그녀는 키가 더 커
졌고 예전과는 약간 달라져 보였고 많이 아름다워져 있었어. 가까이
갈수록 놀랄 만큼 아름다워서 꼭 천사 같았어. 그런데 여자의 머리
가 헨리에트의 갈색이 아니고 금발이었네. 그러나 헨리에트임에 틀
림없었어. 빛을 받아 다른 사람같이 보였지만. 나는 '헨리에트!' 하
고 멀리서 부르며 모자를 벗었어. 너무 고상하게 보여서 그 여자가
모르는 척하지나 않을까 하고 걱정했던 거야. 그녀는 내가 있는 쪽
으로 돌아서더니 나를 똑바로 보는 게 아닌가. 나를 바라보는 눈과
마주치자 나는 그만 놀라고 부끄러워 어쩔 줄을 몰랐네. 내가 부른

그 여인은 헨리에트가 아니었던 거야. 그녀는 나와 꽤 오랫동안 사귀었던 두 번째 애인 리자베트였어. 그래서 나는 '리자베트!' 하고 부르며 손을 내밀었지. 그녀는 나를 정면으로 쏘아보았어. 마치 신이 마음을 꿰뚫어 보는 듯이 바라보고 있었지. 그녀의 태도는 냉정하지도 거만하지도 않았으며, 아주 평화스럽고 총명하게 보였어. 그리고 정신적으로 너무나 우월하게 보여서 거기에 비하면 나는 마치 한 마리 개와 같이 초라해 보였네. 그녀는 나를 보더니 점점 엄숙해지며 슬픈 빛을 띠는 것이었어. 그러고 나서 불쾌한 말을 들은 것처럼 머리를 흔들고는, 손은 내밀지도 않고 돌아서 집으로 들어가더니 조용히 문을 잠가 버리는 거야. 자물쇠 잠그는 소리까지 들리더군. 나는 돌아서서 그곳을 떠날 수밖에 없었지. 눈물과 서글픔으로 앞을 볼 수가 없었네. 어느새 거리가 다시 변했으나 그래도 알 수 있었어. 모든 집과 골목길이 그전과 꼭 같았어. 아까와 같은 혼란한 기분은 사라졌지. 지붕은 그리 높아 보이지 않고, 빛깔도 옛날 그대로였어. 사람들도 옛날의 그 사람들이었지. 나를 알아보고 기쁜 얼굴로 쳐다보는 사람도 있었어. 내 이름을 부르는 사람들도 적지 않았지. 그러나 나는 대답할 수도, 걸음을 멈출 수도 없었던 거야. 온 힘을 다해 낯익은 길을 그냥 달려 다리를 건너고 거리를 빠져나왔지. 심장의 고동으로 눈물 어린 눈을 들어 모든 것을 바라보고 있었네. 왜 그런지 알 수 없었지만, 나는 모든 것으로부터 버림받은 기분이 들어 수치심에 이곳을 한시 바삐 떠나야겠다는 마음뿐이었어. 교외로 빠져

나와 포플러나무 밑에서 쉴 수밖에 없었네. 그때서야 비로소 나는 고향에 돌아와서 제 집 앞에 서 있으면서도 부모, 형제, 그리고 친구들을 전혀 생각지 않았다는 것을 느꼈네. 내 마음은 아직까지 느껴 보지 못한 회의와 비애, 수치심으로 가득 찼지. 그러나 다시 돌아가 그렇게 할 수도 없었네. 꿈이 그때 끝이 나 버린 거지. 내가 눈을 뜬 거야."

크눌프는 계속 말했다.

"사람이란 누구나 자기의 영혼을 가지고 있어서 다른 사람의 영혼과 섞어 놓을 수는 없는 것일세. 두 사람은 서로 가까이 다가가 이야기하고, 서로 함께 있을 수 있지. 그러나 두 영혼은 꽃과 같아서 각각 한곳에 뿌리를 박고 있기 때문에 어떤 영혼도 다른 곳으로 옮길 수는 없는 것이지. 그렇게 하려면 뿌리에서 떨어지지 않으면 안 되니 그것은 불가능한 이야기야. 꽃은 서로 가까이하기 위해 향기를 보내고 씨를 보내는 것이지. 그러나 씨가 적당한 곳으로 가게 하는 데에 꽃이 할 수 있는 일은 아무것도 없네. 그것은 바람이 하는 일이지. 바람은 자기가 가고 싶은 대로 마음대로 돌아다닐 수 있단 말이야."

그리고 또 이렇게 덧붙였다.

"내가 들려준 꿈 이야기도 아마 똑같은 의미를 지니고 있을 거야. 나는 헨리에트나 리자베트에게 고의로 부당한 일을 한 것이 아니지. 그러나 한때 두 사람을 사랑하여 내 사람을 만들려고 생각했기 때문에 내게 그런 모양으로, 두 사람이 비슷하면서도 어느 쪽도 아닌 꿈속의 모습으로 나타난 것이지. 그 모습은 내 것이지만 그것들은 이미 살아 있는 것은 아니었어. 내 부모에 대해서도 가끔은 그런 생각이 들었어. 부모님은 나를 아들로서 당신을 닮았다고 생각하는 것이지. 그러나 내가 그들을 사랑한다고 할지라도 나는 그들에게 이해될 수 없는 타인이지. 그래서 나에게는 중요한 것, 나의 영혼 같은 것을 부모는 지엽적인 것으로 생각해 버리고, 나의 청춘이나 변하는 마음의 탓으로 돌려버리는 거야. 그러면서도 부모님은 나를 귀여워해 주며 온갖 사랑을 다 쏟아 준 거야. 아버지는 자식에게 코나 눈, 능력까지 유전으로 물려줄 수 있으나 영혼만은 어찌할 수 없단 말이야. 영혼은 모든 인간 속에 새로 탄생되는 것이기 때문에."

나는 아무 대꾸도 하지 않았다. 그 무렵 아직 나는 그런 생각을 하지 않았고, 적어도 그런 생각을 할 필요가 없었던 것이다. 사실 그런 이야기는 마음에 별로 부담을 느끼지 않아 듣기에 매우 좋았다. 그리고 그것은 크눌프에게도 투쟁이라기보다도 하나의 유희로 생각되는 것이라고 보았던 것이다. 그뿐 아니라 둘이서 마른 풀 위에 누워 밤이 찾아오기를 기다리며 일찍 뜬 별을 쳐다보는 것은 평화롭고 아름다운 일이었다.

"크눌프, 자넨 사상가네. 교수가 될 걸 그랬어."

그는 웃으며 머리를 흔들었다.

"나는 차라리 구세군이 훨씬 좋았을 걸세."

그는 생각에 잠겨서 말했다. 그것은 나에게 지나치게 들렸다.

"농담을 하는 건 아니겠지! 다음에는 아마 성자가 되겠다는 말은 않겠나?" 하고 말했다

"왜 아니겠나, 꼭 맞았네. 사람이란 자기의 생각과 행동이 참으로 성실하다면 누구나 신성한 것이네. 옳다고 생각하면 그대로 실행해야 하는 것이지. 그러므로 구세군이 되는 게 옳다고 생각한다면 나는 아마 그렇게 했을 걸세."

"또 구세군인가!"

"그래. 그 이유를 말해 주지. 나는 지금까지 많은 사람과 이야기를 나누기도 하고, 많은 사람의 연설도 들었네. 목사, 선생, 시장, 사회민주당원, 자유주의자 등 많은 사람들의 연설을 들었지. 그러나 마음속으로부터 진실하게 자신의 진리를 위해, 만약의 경우에는 자신을 희생할 수도 있다고 생각되는 그런 사람은 한 사람도 보지 못했네. 그러나 구세군은 군악대를 이끌고 야단법석을 떨지만, 진실한 사람을 벌써 서너 번이나 보고 들었다네."

"도대체 자네가 어떻게 그걸 안단 말인가?"

"보면 알 수가 있지. 이를테면 말일세, 한 사람이 어느 마을에서 설교를 하고 있었어. 일요일 날 바깥에서 먼지에 싸인 채 더위를 무릅쓰고 설교를 했지. 곧 목이 쉬어 버렸네. 그는 보기에 튼튼하지 못했어. 그는 더 소리를 낼 수 없게 되면 일행 세 사람에게 찬송가를 한 곡조 부르게 하고 물을 한 모금씩 마시는 거야. 아이들과 어른들

이 모여 그 마을의 절반 가량의 사람들이 그를 에워싸고 있었지. 그들은 그를 바보 취급을 했다네. 뒤에서 젊은 녀석이 설교자를 골려 주려고 회초리를 두들겨 큰 소리를 내더군. 모두들 왁자지껄 웃어 버렸어. 그러나 그는 바보가 아니었지만 끝까지 성을 내지 않았어. 다른 사람 같으면 소리를 지르든가 골을 내든가 할 텐데, 웃으며 소리를 높여 그 상황을 이끌어 가려고 무진 애를 썼다네. 이 사람아, 이런 일은 날품이나 취미로선 할 수 없는 일이란 말일세. 그 사람 속에는 위대한 경건심과 신념이 들어 있었던 게 틀림없어.”

“그럴는지도 모르지. 하지만 한 가지 일을 보고 만사를 다 그렇다고 해석할 수야 없지. 자네같이 섬세하고 민감한 사람은 그런 소동에 가담할 수 없단 말이야.”

“안 될 것도 없을걸. 섬세하고 민감한 그 이상의 무엇을 알고 지니고 있다면 말이네. 하나가 전부로 통하지 않는다고 하지만, 그러나 진리의 경우만은 다 통하게 마련이지.”

“아니, 진리라고? 할렐루야를 부르짖는 사람들이 진리를 지니고 있다니, 그걸 어떻게 안단 말인가?”

“그야 알 수 없지. 자네 말이 맞았네. 그러나 내 말은, 그 사람들이 진리를 지니고 있는 것을 알게 되면 나도 또한 따라가겠다 그런 말이네.”

“그래, 그렇게 된다고 치세. 그러나 자네는 매일 한 가지 지혜를 알게 되겠지만, 이튿날이면 그것을 인정할 수 없단 말이네.”

그는 당황하여 나를 바라보았다.

"자네, 지독한 말을 하는군."

나는 곧 사과하려고 했지만, 그가 받아들이려고 하지 않을 것 같았다. 그는 곧 "잘 자게." 하고 나지막한 소리로 말하더니 누워 버렸다. 그러나 그가 곧 잠들었다고는 생각되지 않았다. 나도 또한 흥분하고 있어서 한 시간 이상이나 팔을 베고 누워 밤 경치를 바라보고 있었다.

이튿날 아침, 크눌프는 매우 기분이 좋아 보였다. 그래서 내가 기분이 좋으냐고 물었더니, 어린아이 같은 빛나는 눈으로 나를 바라보며 이렇게 말했다.

"그렇고 말고. 그런데 사람은 어떤 경우에 기분이 좋은지 아나?"

"아니. 어떤 때인가?"

"밤에 잠을 자고 좋은 꿈을 많이 꾼 때야. 그러나 꿈을 기억해선 안 되네. 오늘이 바로 그런 날이야. 매우 화려하고 상쾌한 꿈을 꿨는데 모두 잊어버렸다네. 다만 유쾌하고 아름다웠다는 것만 생각날 뿐이야."

가까운 마을로 아침 우유를 먹으러 갔는데, 크눌프는 부드럽고 경쾌하고 태평스런 목소리로 전혀 새료운 노래 서너 곡을 선선한 아침 공기 속에서 불렀다. 이런 것은 활자화해도 별반 뜻이 없는 것이었다. 크눌프는 대시인은 못 되지만 시인 행세는 할 수 있었다. 그리고 그가 부르는 자작 노래는 종종 다른 대시인의 걸작과 비슷해 마

치 자매 편이라도 되는 듯이 보일 때도 있었다. 내가 기억하고 있는
어떤 구절은 참으로 아름다워 나는 늘 그 가치를 인정하고 있었다.
글로 씌어진 것은 하나도 없었다. 그의 노래는 바람이 부는 것같이
곱게 흘러나와 아무런 흔적도 없이 흘러갔다. 그의 노래는 나뿐만이
아니라 어린아이들과 늙은이들에게까지 거의 17분 동안 아름답고
사랑스러운 시간을 주곤 했다.

　　화려하게 단장한 아가씨가
　　대문을 나서듯이
　　붉고도 위대하게
　　전나무 숲 위에 해가 솟는다.

　이렇게 그날 아침 그는 태양을 노래했다. 태양은 언제나 그의 노
래에 나타나 찬미되었다. 이상한 것은 대화할 때는 명상에 빠지는
것이 일쑤인 그가 시를 읊을 때는 마치 귀여운 어린아이들이 아름
다운 여름옷을 입고 뛰노는 것같이 거친 데가 없었다. 때로 그 노래
는 아무런 뜻도 가지지 못한 채, 다만 그의 기쁜 마음을 밖으로 내
뿜는 데 불과한 경우도 있었다. 그날은 나까지 그의 기분에 말려들
고 말았다. 우리는 만나는 사람마다 아는 척 인사를 하고 농을 걸었
다. 그런 다음 지나치고 나면 등 뒤에서 웃기도 하고 빈축을 사기도
했다. 그날 하루는 꼭 축제일같이 지나갔다. 우리는 서로 학창 시절

에 장난하던 일, 우습던 일을 들추어 내어 이야기했으며, 지나가는 농부들과 그들이 끌고 가는 말과 소에까지 별명을 붙여 주었다. 그리고 사람이 보이지 않는 정원 옆에서 훔친 과일을 먹기도 했다. 거의 매시간 한 번씩 쉬면서 힘과 장화 밑창을 아꼈다.

크눌프와 사귄 지 오래되지 않았지만 그가 이처럼 사랑스럽고 즐겁게 보였던 적은 없었다. 그리하여 오늘부터 정말 재미있는 공동 생활이 시작되며 좋은 여행과 즐거움이 있을 것이라고 생각되어 기뻤다.

한낮은 무더웠다. 우리는 걷는 것보다 풀숲에 누워 있는 시간이 더 많았다. 저녁때 소나기가 오려는지 숨막힐 것 같은 공기가 밀려와서 하룻밤 묵을 숙소를 찾기로 했다. 크눌프는 점점 말이 없어지고 좀 피로한 듯 보였으나 나는 개의치 않았다. 그는 여전히 나와 함께 마음으로 같이 웃었고, 이따금 내가 부르는 노래에 박자를 맞추어 주었다. 나 자신은 점점 더 기분이 좋아져서 기쁨이 가슴에서 활활 타오르는 것을 느꼈다. 그러나 크눌프에게는 아마 그와 반대로 축제일의 기분이 사라지기 시작했던 모양이었다.

그때는, 나는 기쁜 날이면 밤이 다가올수록 더욱 즐거워져서 어쩔 줄을 몰랐다. 축제 같은 행사가 있은 다음에는, 다른 사람들은 피로에 지쳐 잠이 들어 버린 뒤에도 그대로 흥분하여 밤새껏 혼자서 걸어다니는 때도 있었다. 그날도 이러한 저녁이어서 치솟는 기쁨의 열병에 사로잡혀 있었다. 골짜기를 타고 어떤 훌륭한 마을에 이르러 하룻밤을 즐겁게 지낼 것이라는 생각으로 기뻐하고 있었다. 먼저 우리는 마을 입구에 있는 출입이 쉬운 창고에서 그날 밤을 지내기로 결정했다. 그러고 나서 마을로 들어가 어떤 아름다운 술집 정원에 들어섰다. 오늘은 나의 친구를 손님으로 대접하는 기쁜 날이라 오믈렛과 맥주를 몇 병 사려고 생각했기 때문이었다. 크눌프는 나의 초대를 기쁘게 받아들였다. 그러나 아름다운 플라타너스 나무 아래에 놓인 탁자 앞에 앉자, 거북한 표정을 하고 이렇게 말하는 것이었다.

"여보게, 술을 너무 많이 마시지는 마세. 맥주 한 병씩이면 족하네. 몸에도 좋고 기분도 좋아질 걸세. 그 이상은 곤란하네."

나는 그렇게 하자고 말했으나 마음속으로는 기분이 좋을 때까지 마셔야겠다고 생각했다. 우리는 뜨거운 오믈렛과 새로 구운 먹음직스런 갈색 빵을 먹었다. 그리고 나는 곧 맥주 두 병을 가져오게 했다. 크눌프는 아직 첫 병의 반도 마시지 못했다. 좋은 술상 앞에서 신사처럼 뒤로 기대고 앉아 있으니 마음속에서부터 기쁨이 솟아났다. 오늘 밤 한껏 즐겨 보고 싶은 생각이 들었다.

크눌프가 맥주를 한 병 다 마시자 내가 두 병째를 권했지만 끝내 거절했다. 그는 마을을 좀더 돌아보고 나서 잠을 자자고 제의했다. 그건 내 생각과는 전혀 달랐지만 정면으로 반대하고 싶지는 않았다. 그리고 내 맥주병이 아직 비지 않았으므로 그가 한 걸음 먼저 가고 나중에 같이 합류하기로 했다. 그래서 그가 먼저 일어나 나갔다.

들국화 한 송이를 귀 뒤에 꽂고 가볍고 즐거운 발걸음으로 넓은 계단을 몇 걸음 내려서서 마을로 천천히 걸어가는 그의 뒷모습을 나는 물끄러미 바라보았다. 그리고 그가 나와 함께 맥주를 한 병 더 마시지 않은 것을 섭섭하게 생각하면서도, 그의 뒷모습을 바라보니 마음이 기뻐지면서 정이 솟아올라 '좋은 녀석이야!' 하고 생각했다.

그러는 동안에 해는 이미 졌으나 더위는 더욱 심해질 뿐이었다. 나는 이런 날씨에는 가만히 앉아서 찬 맥주를 마시는 것을 좋아했다. 그래서 천천히 눌러앉아 있을 생각이었다. 손님이라곤 나 혼자뿐이었으므로 한가한 여급이 나의 말벗이 되었다. 나는 여급에게 시가를 두 개 가져오라고 했다. 처음에는 크눌프를 위해 한 개 남겨 두려고 했으나 나중에 그것을 잊어버리고 다 피워 버렸다.

한 시간쯤 지나 크눌프가 다시 돌아와서 같이 가자고 했다. 그때 나는 이미 그 자리에 마음이 잡혀 있었고, 그는 피곤해서 잘 생각이었던 것이다. 그래서 우리는 합의하여, 그 혼자 우리들의 잠자리로 가서 먼저 자기로 했다. 그가 가 버린 뒤 여급은 그에 대해 이것저것 물었다. 그가 아가씨의 눈에 든 것이다. 나는 별로 거리낄 것 없이 말해 주었다. 그는 나의 친구이고 또한 그 여인이 나의 여인인 것도 아니었기 때문에 나는 그를 치켜세워 주었다. 그것은 내가 무척 기분이 좋았기 때문이고, 또한 누구에게든 호감을 가질 수 있기 때문이다.

내가 오래 앉아 있던 자리에서 일어서려고 할 때 천둥이 치고 플라타너스 나무에 가벼운 바람이 불고 있었다. 계산을 한 뒤 여급에게 10페니짜리를 집어 주고 천천히 한길로 나섰다. 걸으면서 생각해 보니 맥주를 지나치게 마셨다는 느낌이 확 들었다. 요즈음 폭음한 일이 거의 없었기 때문이다. 그러나 나는 술을 좀 할 수 있는 편이어서 기분이 매우 좋았다. 노래를 부르며 우리가 자는 장소까지 가서 가만히 잠자리에 들었다. 크눌프는 벌써 거기에서 자고 있었다. 갈색 재킷을 펴고 그 위에 팔을 베고 누워 규칙적으로 숨을 쉬고 있었다. 그의 이마, 드러난 목덜미, 뻗어 있는 한 손이 어슴푸레한 어둠 속에서 하얗게 빛나고 있었다.

나는 옷도 벗지 않고 그냥 자리에 누웠으나, 흥분과 자극으로 잠을 이루지 못하고 뒤척이다가 새벽녘에야 겨우 깊은 잠에 빠질 수 있었다. 하지만 결코 기분 좋은 잠은 아니었다. 괴롭고 지쳐서 갈피를 잡을 수가 없는 괴로운 꿈을 꾸었다.

이튿날 늦게서야 비로소 깨어나니 벌써 대낮이었다. 밝은 햇빛이 눈을 부시게 했다. 머리는 아프고 사지가 뻐근했다. 길게 하품을 하고 눈을 비비고 나서 팔을 활짝 벌리니 관절에서 뚝뚝 소리가 났다. 피로함에도 불구하고 어제 기분의 잔재가 그냥 남아 있었다. 그래서 가까운 시내에 가서 남은 취기를 씻어 버리려고 생각했다.

그러나 그렇게 할 수가 없었다. 주위를 둘러보았으나 크눌프가 없었기 때문이다. 나는 소리를 높여 그를 불렀고 휘파람을 불어 찾았다. 처음에는 별다른 생각 없이 불렀으나, 고함을 지르고 휘파람을 불며 찾아도 아무런 대답이 없는 것을 알고 비로소 그가 나를 버리고 갔다는 것을 깨닫게 되었다. 그렇다. 그는 떠났다. 몰래 떠나 버렸다. 내 곁에 더 남아 있을 수 없었던 것이다. 아마 내가 어제 취했던 꼴이 싫었는지 모른다. 어쩌면 어제 자기가 너무 고집을 부린 것을 부끄럽게 생각했는지도 모른다. 아니면 단순한 기분에서 떠났는지도 모른다. 나와 같이 지내는 것에 회의를 느꼈는지도 모른다. 혹은 갑자기 고독이 필요하게 됐는지도 모를 일이다. 그러나 어쨌든 내가 취한 것에 그 책임이 다소나마 있는 것 같았다.

나는 기쁨을 잃고 부끄러움과 비애에 젖었다. 나의 친구는 지금 어디에 있는가? 나는 그의 말과는 반대로 그의 심정을 다소라도 이해하며 그와 사귈 수 있을 것이라고 생각했다. 그런데 이제 그는 가고, 나만 홀로 실망하여 서 있다. 크눌프보다도 나를 책망해야 한다.

나는 지금 고독하다. 크눌프의 견해로는, 모든 사람이 고독 속에 산다고 했다. 그때 나는 그것을 믿을 수 없었지만, 이제 나 자신이 그것을 맛볼 수밖에 없게 되었다. 고독의 맛은 쓰다. 첫날뿐이 아니었다. 세월이 흐르는 동안 많이 나아지는 때도 있었으나, 그 이후 고독이 아주 가시는 날은 없었다.

종말

10월의 어느 맑은 날이었다. 햇빛을 흡수한 상쾌한 대낮의 공기가 가벼운 미풍에도 흔들리고 있었다. 밭과 정원에서는 가을의 연푸른 연기가 몇 줄기 꼬리를 만들며 피어오르고 있었다. 불타는 잡초와 잡목에서는 감미로운 향기가 빛나는 풍경을 메우고 있었다. 시골집의 뜰에는 만발한 들국화와 늦게 피는 연한 빛의 장미와 달리아가 한창이었고, 담 옆에는 벌써 시들어 누런빛을 띤 잡초에 섞여서 눈부신 금잔화가 여기저기 불타듯이 피어 있었다.

브라하로 가는 시골 길에는 의사 마홀드의 마차가 천천히 달리고 있었다. 길 왼편에는 추수가 끝난 밭과 한창 거두어들이는 감자 밭이 있고, 오른편에는 여린 나무가 질식할 정도로 꽉 들어찬 낙엽송림으로 밀착된 나무 밑동과 마른 가지들로 갈색 벽을 이루고 있었다. 그리고 그 밑의 땅바닥은 떨어진 솔잎이 쌓여 어디나 한결같이 갈색 천지를 이루고 있었다. 길은 일직선으로 곧게 뻗어 푸른 가을 하늘에 닿을 듯 먼 세계의 끝 간 데까지 이르는 것 같았다.

의사는 양손에 잡은 말고삐를 늦추어 늙은 말이 마음대로 달리도록 내버려두었다. 그는 어떤 부인의 임종을 보고 돌아오는 길이었다. 환자는 더 이상 손쓸 방법이 없는데도 최후까지 살려고 애를 썼다. 이제 의사는 피로에 지쳐 좋은 가을 날씨를 즐기며 돌아가는 길이었다. 그의 머리는 몽롱하게 잠들어 있었고, 모닥불에서 풍기는 냄새를 따라 희미하게나마 생각되는 것은 유쾌했던 학창 시절 가을 휴가 때의 일이었다. 그 회상은 더욱더 거슬러 올라가 아련한 어린 시절의 추억에까지 이르고 있었다. 농촌에서 자란 그의 감각은 시골의 모든 계절의 변화와 풍경을 경험하여 그는 즐겨 그 분위기에 잠기는 것이었다.

거의 잠이 들었던 그는 갑자기 마차가 멈추는 바람에 깨어났다. 길을 가로막은 시궁창에 앞바퀴가 빠지자 말은 그것을 기회로 멎어서 머리를 늘어뜨리고 쉬는 것이었다. 마홀드는 바퀴 소리가 멎자마자 깜짝 놀라서 깨어나 말고삐를 잡아당겼다. 그는 잠시 동안 졸았으나 여전히 숲과 하늘이 태양에 빛나고 있는 것을 보고는 빙긋이 웃으며 다정한 듯 혀를 차고는 말을 몰아 언덕을 거슬러 올라가기 시작했다. 그러고 나서 몸을 곧게 세우고 시가를 꺼내어 불을 붙였다. 그는 낮에 조는 것을 좋아하지 않았다. 마차는 천천히 나아갔다.

챙이 넓은 모자를 쓰고 밭에서 일하던 두 여인이, 감자가 가득 담겨 나란히 세워진 포대 뒤에서 인사를 했다.

고개 마루턱이 가까워 왔다. 말은 머리를 들고 이 고개만 넘으면 자기 마을 산등을 곧장 내려간다는 기대에 신이 나서 달렸다. 그때 가까운 지평선 저쪽에서 나그네 같은 사람이 빛나는 마루턱에 나타났다. 그는 창공을 등에 지고 일순간 완연히 크게 보였으나, 마루턱을 내려옴에 따라 잿빛이 되며 작아 보였다. 가까이 오는 그를 보니 수염은 짧고 헌 옷을 입은 여윈 사나이였다. 고향으로 가는 사람 같았다. 피곤하여 잘 걷지도 못했으나 공손히 모자를 벗고 그에게 인사를 하는 것이었다.

"안녕하십니까?" 하고 마홀드 의사도 같이 인사를 했다. 그리고 벌써 지나가 버린 낯선 사람을 뒤돌아보았다. 그러더니 갑자기 말을 멈춰 세우고 일어서서 소리 높여 말했다.

"여보시오! 이리 좀 와 보시오!"

먼지투성이인 나그네가 걸음을 멈추고 뒤돌아보았다. 그는 한번 웃고 나서 다시 돌아서서 걸어가려 하다가 생각을 바꿔 순순히 부름에 응했다. 그는 의사의 작은 마차 옆으로 오더니 모자를 벗어 손에 들었다.

"실례지만 어디로 가시는 길입니까?" 하고 마홀드가 물었다.

"이 길을 따라 베르히톨드제크로 가는 길입니다."

"우리는 서로 아는 사람인 것 같은데…… 당신의 이름이 생각나지 않습니다. 내가 누군지 아시겠습니까?”

“마홀드 선생같이 보이는데요.”

“네, 그렇습니다. 그런데 당신은 누구시더라?”

“당신은 나를 잘 아실 겁니다. 함께 플로헤르 선생님 밑에서 같은 자리에서 배웠으니까요. 의사 선생, 그때 당신은 라틴어 숙제를 내 공책을 빌려다가 베끼곤 했지요.”

마홀드는 갑자기 마차에서 뛰어내리더니 그 사람을 자세히 보았다. 그러더니 소리 높여 웃으며 그의 어깨를 툭툭 쳤다.

“그렇지!” 하고 그는 말을 계속했다.

“자네는 유명한 크눌프일세그려. 우리는 동기 동창이 아닌가. 악수나 한번 하세. 아마 10년은 서로 못 만났을 걸세. 여전히 여행만 다니나?”

“늘 그렇지. 사람은 늙을수록 습관을 버리지 못하는 모양이야.”

“그건 그래. 그런데 지금 어디로 여행을 가는 길이지? 다시 고향으로 가는 길인가?”

“맞았네. 게르베르사우로 가는 길일세. 일이 좀 있어서.”

“그래, 친척이나 누가 거기에 살고 있나?”

“아무도 없네.”

“그런데 자네 몹시 늙어 보이네, 크눌프. 우리는 이제 40이 겨우 넘었는데. 아무튼 그렇게 모르는 척하고 지나간단 말인가. 자네를 보니 의사가 필요할 것 같은데.”

“뭐라고? 의사는 필요 없네. 그리고 의사가 고칠 수 있는 병은 아닐세.”

“나중에 알게 되겠지. 어쨌든 올라타게. 우리 집에 같이 가서 좀 더 이야기 좀 하세.”

크눌프는 좀 뒤로 물러서며 모자를 다시 썼다. 의사가 거들어 마차에 태우려고 했더니, 그는 난처한 표정으로 거절하는 것이었다.

“아닐세. 이 사람, 얘기나 좀 하려는데 뭘 그럴 필요가 있나? 우리가 이렇게 서 있는 동안 말이 달아나려고…….”

이때 기침이 나기 시작했다. 그 징조를 잘 아는 의사는 곧 그의 몸을 부축해 마차에 태워 버렸다. 마차를 몰며 의사가 말했다.

“자, 곧 마루턱이 될 걸세. 그러면 내리막이라서 빨리 달리니까 30분이면 집에 도착할 거야. 기침이 심해 괴로울 테니 집에 가서 얘기하세. ……뭐라고? 아니야, 그러면 안 되네. 앓는 사람은 누워 있어야지, 길을 걸어선 안 돼. 이전에는 라틴어로 자네에게 많은 신세를 졌으니까 이번에는 내가 자네를 도울 차례야.”

그들은 고개를 넘어 바퀴 소리를 내며 긴 언덕을 내려갔다. 과실나무 가지를 통해 멀리 불라흐의 지붕들이 벌써 보이기 시작했다. 마홀드는 말고삐를 짧게 잡고 조심스럽게 길을 갔다. 크눌프는 피로했으나, 마차에 태워 억지로 손님 대접을 받는 게 기분이 좋았다. 늦어도 내일이나 모레는 뼈가 부서지지 않는 한 게르베르사우로 떠나야 한다고 그는 생각하고 있었다. 지금의 그는, 세월을 헛되게 보내는 철부지 젊은이가 아니었다. 그는 병자요, 늙은이로 죽기 전에 고향을 한 번만 더 보겠다는 소원밖에 없었다.

불라흐에 이르자 의사는 먼저 그를 방에 데리고 들어가 우유와 햄이 든 빵을 먹였다. 그리고 이것저것 이야기하는 동안에 점점 친밀감이 다시 생겼다. 그런 후에 의사는 그에게 병세를 묻기 시작했다. 그는 기분 좋게 다소 조롱하는 빛을 띠고 이에 응했다.

"어디가 아픈지 자네는 알겠지?"

마홀드는 진찰을 하고 나서 물었다. 그는 가볍게, 조금도 중요시하지 않는 태도로 물었다. 크눌프는 그것이 고마웠다.

"응, 잘 알고 있네, 마홀드. 폐병이야. 오래가지 못하는 것도 잘 알고 있네."

"그거야 누가 아나! 그러면 침대에 누워서 간호를 받아야 한다는 것도 잘 알고 있겠지? 얼마 동안 우리 집에 있게. 그동안 가까운 병원에 입원실을 하나 구해 놓겠네. 자넨 정신이 돌았네. 이 사람, 다시 건강해지도록 정신을 차려야 하네."

크눌프는 벗었던 웃옷을 다시 입었다. 그는 여윈 회색 얼굴에 장난기를 띤 표정으로 의사를 향해 기분 좋게 말했다.

"정말 고맙네."

"어디 형편을 좀 보세. 뜰에 해가 비치는 동안 일광을 쬐게나. 리나가 자네 침대를 준비할 걸세. 우리는 자네를 감시할 거야. 자네처럼 일생을 태양과 공기 속에서 산 사람이 폐를 상하다니 참 이상한 일일세."

그러고 나서 그는 밖으로 나갔다.

가정부 리나는 크눌프를 좋아하지 않았다. 그런 떠돌이를 집에 재우는 것을 반대했다. 그러나 의사는 그녀의 말을 앞질러 말했다.

"리나, 내버려둬. 저 사람은 오래 살지 못할 거야. 우리 집에서나마 좀 편안히 지내게 해 줘야지. 꼴은 저래도 항상 깨끗이 지내던 사람이었네. 자기 전에 목욕물을 데워 줘. 내 잠옷을 하나 꺼내 주고 겨울 슬리퍼도 하나 주게. 어쨌든 잊어서는 안 돼. 저 사람은 내 친구란 말이야."

크눌프는 열한 시간을 잤다. 안개 낀 아침이었다. 잠자리에서 뒤척이는 동안 그제야 자기가 누구의 집에 있는지를 알 수 있었다. 태양이 안개를 헤치고 빛나고 있을 때 마홀드가 그를 깨웠다. 그들은 식사가 끝나자 양지바른 베란다에 앉아 붉은 포도주를 마셨다. 크눌프는 맛있는 식사와 포도주 반 잔에 원기를 회복하고 말이 많아졌다. 의사는 한 시간 동안 틈을 내어 이 괴상하게 달라진 학교 동기생과 이야기를 하며, 정상적이 아닌 이 사람의 생애에 관한 이야기를 들으려고 했다.

"그럼 자네는 지금까지의 생애에 대해 만족한단 말이지?"

그는 웃으며 말했다.

"그렇다면 할말이 없네만, 그렇지가 않다면 자네 같은 사람은 참으로 애석해. 하기야 자네는 목사나 교사가 될 수도 있었겠지만, 자연 과학자나 시인이 되었으면 좋았을 거야. 그렇지 않은가?”

크눌프는 수염 난 턱을 받치고 앉아 양지바른 탁자보 위에 포도주 잔의 그늘이 던지는 붉은 광선의 빛을 바라보고 있었다.

“그렇다고 할 수도 없네.”

크놀프는 천천히 말했다.

“자네가 말하는 그 재능이란 그리 대단한 것이 아니야. 나는 휘파람을 좀 불고, 아코디언을 연주하고, 때로는 짧은 시도 지었지. 옛날에는 달리기 선수였고 댄스도 좀 했지. 그저 그뿐이네. 그리고 그런 일을 나 혼자 즐긴 게 아니야. 대개의 경우 친구든지 소녀든지 어린 애들이 함께 섞여 즐거워하고 내게 감사도 했지. 그것뿐일세.”

“물론.” 하고 의사는 말했다.

“그럴 테지. 그런데 한 가지만 꼭 묻고 싶네. 자넨 그때 5학년까지 나와 같이 라틴어 학교에 다니지 않았나. 나는 지금도 기억이 생생해. 자네는 모범생은 아니었지만, 그래도 훌륭한 학생이었어. 그러다 갑자기 자네가 사라졌어. 나중에 초급 학교에 다닌다는 얘기는 들었지만. 그때부터 우리는 서로 헤어졌지. 라틴어 학교 학생은 초급 학교 학생과 놀아서는 안 됐으니까. 그런데 그때 왜 그랬나? 후에 자네 소식을 들을 때마다, 자네가 그대로 라틴어 학교에 다녔으면 전혀 다른 사람이 되었을 텐데 하고 생각했다네. 도대체 왜 그랬지? 학교가 싫었었나? 아니면 자네 아버지가 수업료를 대 주지 않겠다고 하셨나? 그것도 아니라면 무슨 딴 이유라도 있었나?”

크눌프는 검게 그을리고 깡마른 손으로 잔을 들었으나 마시지는 않았다. 포도주 잔을 통해 푸른 뜰의 햇살을 비쳐 볼 뿐 잔을 다시 가만히 탁자 위에 놓았다. 그는 묵묵히 눈을 감고 생각에 잠겼다.

"왜 말하기가 싫은가? 꼭 말하라는 건 아니야."

의사가 말했다. 그러자 크눌프는 눈을 뜨고 상대방의 얼굴을 눈여겨보았다.

"아니야." 하고 그는 망설이며 말했다.

"말해 두어야 한다고 생각하네. 아직 누구에게도 말하지 않았으니까. 차제에 자네가 들어준다면 정말 다행이야. 물론 한 어린애 이야기에 불과하지만 내게는 심각한 문제였고, 몇 해를 두고 괴로워했지. 자네가 그것을 묻는다니, 참 이상한 일이야!"

"왜?"

"요즈음 나는 다시 그 일이 자꾸 생각나. 그래서 게르베르사우로 다시 돌아가기로 한 거야."

"그래? 그렇다면 이야기해 주게."

"마홀드, 우린 그때 정말 친한 친구였지. 적어도 3, 4학년까지는 말야. 그 후로는 잘 만나지 않았지. 자네가 가끔 우리 집 앞에 와서 휘파람을 불며 기다렸으나 나는 나가지 않았어."

"정말 그랬어! 그것이 벌써 이십 년 전 일인데, 난 까맣게 잊고 있었네. 자넨 참 기억력도 좋아! 그래, 그래서?"

"소녀가 그 원인이었다네. 나는 일찍부터 계집애한테 관심을 갖기 시작한 거야. 자네라면 아직 황새가 어린애를 데려다 준다든지 샘에서 어린애가 태어난다든지 하는 얘기를 믿고 있을 때, 나는 벌써 사내애와 계집애가 어떻게 다른지도 다 알고 있었다네. 그때 나는 그 생각밖에 없었네. 그래서 자네들의 인디언 놀이에도 끼어들지 않았다네.”

“그때 자넨 고작 열두 살이 아니었나?”

“열세 살이었지. 내가 자네보다 한 살 위니까. 어느 날 내가 앓아 누웠는데 친척 되는 계집애가 왔었지. 나보다 서너 살 위였어. 그런데 내가 그 계집애가 자는 방에 들어가지 않았겠나. 거기서 나는 여자가 어떻게 생겼는지를 알고 깜짝 놀라서 도망쳐 나오고 말았어. 다음날 나는 그 손위 조카와 말하기도 싫고 미워하기까지 했다네. 그 여자가 두려워졌으나 그날 밤 일만은 내 머리에서 떠나지 않았지. 그때부터 한동안 줄곧 계집애 꽁무니만 따라다녔다네. 피혁공 하시스의 집에는 나와 동갑인 계집애가 둘 있었지. 그 집에 부근의 계집애들이 모여들곤 했다네. 우리들은 어두운 창고에서 숨바꼭질도 하고 우스운 이야기며 부끄러운 장난을 하며 놀았지. 거기에 사내라고는 나 혼자뿐이었다네. 나는 계집애들의 머리를 땋아 주기도 하고 키스를 받기도 했다네. 아직 어려서 아무것도 몰랐었지. 그래도 색정은 넘쳤고, 숲 속에 숨어서 계집애들이 목욕하는 장면을 훔쳐본 적도 한두 번이 아니었어. 그런데 하루는 낯선 계집애가 찾아왔어. 변두리에 살았는데 그 애 아버지는 편물공이었네. 이름은 프란치스카였고. 나는 그 애를 보고 첫눈에 반하고 말았다네."

의사가 그의 말을 가로챘다.

"그 계집애 아버지 이름이 뭐라고? 혹시 나도 그 계집애를 알지도
몰라."

"용서하게, 마홀드. 이름은 말할 수 없네. 내 얘기에 꼭 필요한 일
도 아니고, 아무에게도 알리고 싶지 않네. 그런데 말일세, 그 여자는
나보다 더 크고 힘도 세었어. 우리는 가끔 다투기도 하고 물어뜯기
도 했다네. 그 애가 아플 정도로 끌어안으면 나는 눈앞이 아찔해지
며 꼭 술에 취한 듯이 기분이 좋았어. 내가 그 애한테 반한 셈이야.
나보다 두 살 위인 그 애는 애인이 있었으면 좋겠다고 말했고, 나는
그 애의 애인이 되는 것이 단 하나의 소원이었지. 어느 날 그 계집
애가 피혁 공장 뜰에 있는 냇물 가에 혼자 앉아 발을 물에 담그고
있지 않았겠나. 나는 목욕을 한 뒤라 팬츠 바람이었어. 난 그 계집애
옆에 가서 앉았다네. 그 순간 용기를 내어 난 네 애인이 되련다, 꼭
애인이 되게 해 달라고 말하지 않았겠나. 그러나 그 애는 갈색 눈으
로 동정하듯 나를 바라보며, '너는 아직 어린애야. 짧은 바지를 입고
있잖니?' 하지 않겠나. 그래서 나는, 나도 다 알고 있으며 만일 네가
내 애인이 되기 싫다고 하면 당장에 물에 쓸어 넣고 나도 빠져 버리
겠다고 했지. 그러자 그 애는 나를 성숙한 눈초리로 유심히 바라보
며 말했다네. '그렇다면 한번 해 봐. 너 키스할 줄 아니?' 나는 '그
럼!' 하고 재빨리 그 애의 입술에 키스를 했지. 그러고는 그녀도 이

제는 나를 알았을 것이라고 생각했네. 그런데 그 애가 내 머리를 잡고 꽉 누르며 어른들이 하듯이 정식 키스를 하는 바람에 나는 귀가 멍하고 눈이 아찔해지고 말았지. 그녀는 낮은 음성으로 웃으며 말했어. '너는 내 애인으로 적격이야. 그러나 나는 라틴어 학교에 다니는 애인을 원치 않아. 그 따위 학교에서는 변변한 사람이 나지 못해. 나는 남자다운 사람을 애인으로 삼을 거야. 직공이나 노동자가 좋아. 공부한 사람은 싫어. 공부는 해서 무엇하니?' 그러더니 자기 무릎 위에 나를 끌어다 앉혔지. 포근한 그 애의 품에 안겨 있는 것이 말할 수 없이 기분이 좋아서 그 애한테서 멀어진다는 건 생각조차 할 수가 없었다네. 그래서 나는 프란치스카에게 다시는 라틴어 학교에 안 가고 직공이 되겠다는 약속을 하고 말았다네. 그 애는 그저 웃기만 하다가 내가 굽히지 않았더니, 다시 내게 키스를 하며 만일 내가 라틴어 학교를 안 다니면 애인으로 삼아서 자기 힘으로 나를 행복하게, 늘 자기 곁에 있게 해 주겠다고 약속을 했다네."

크눌프는 말을 끊고 잠시 기침을 했다. 친구는 그를 유심히 바라보았다. 잠시 동안 두 사람은 말이 없었다. 이윽고 그가 다시 말을 이었다.

"자, 이제 까닭을 알았지? 물론 내가 생각했던 것처럼 일이 간단하지는 않았어. 내가 라틴어 학교에 가기 싫어서 안 가겠다고 하자 아버지는 내 뺨을 때리며 야단을 치셨지. 그런데 당장은 묘안이 안 생기더군. 학교에 불을 지를 생각을 한 것도 한두 번이 아니었다네.

그런 것은 다 어린애 같은 생각이었지만, 중요한 점은 내가 아주 심각했다는 걸세. 결국 한 가지 묘안이 떠올랐지. 바로 학교에서 게으름을 피우기로 한 거야. 자넨 그걸 몰랐었나?"

"옳아, 생각이 나네. 자넨 한동안 매일같이 학교에 남아서 벌을 섰지?"

"응. 아주 게으름을 피우며 엉뚱한 대답을 하곤 했지. 숙제도 하지 않고, 노트를 잃어버리곤 했었지. 매일 잘못을 저질렀어. 나중에는 그것이 오히려 재미가 있었단 말야. 어쨌든 나는 선생님을 몹시 괴롭혔지. 라틴어를 비롯한 모든 것이 내게는 하잘것없는 것이 되고 말았어. 자네도 알다시피 나는 항상 예민한 편이어서, 어떤 새것에 정신이 팔리면 한동안 다른 것은 거들떠보지도 않는 성미였어. 처음에는 체조가 그랬고 준어잡이, 식물 채집이 다 그랬지. 그런데 이번에는 계집애한테 정신이 팔린 거야. 한번 혼이 나서 세상을 알기까지는, 달리 중대한 일은 생각하지도 못했어. 엊저녁에 계집애가 목욕하는 장면을 몰래 보고 나서 그 모습이 머리 속에 가득한데, 교실 의자에 앉아 있거나 동사의 변화를 왼다거나 하는 것은 어리석은 일이었네. 아니, 또 있어. 선생들은 대강 내 행동을 짐작했지만, 나를 귀여워했기 때문에 될 수 있으면 나를 관대하게 봐줬지. 내 계략은 실현될 것 같지 않았어. 그런데 이번에는 프란치스카의 동생이랑 그 친구들과 친하게 되었어. 그 애는 초급 학교 졸업반이었는데 장난꾸러기였지. 그 애한테서 여러 가지를 배웠는데 착한 일은 한 가

지도 없었어. 정말 혼이 났었지. 그런 지 반 년 만에 드디어 목적이
달성되었네. 아버지한테는 거의 죽도록 매를 맞았지만, 학교에서 쫓
겨나 프란치스카 동생이 다니는 초급 학교의 같은 반에 편입이 되
었다네.”

“그래서 그 계집애는?” 하고 마홀드가 물었다.

“음, 그것이 비참한 얘기야. 결국 그 애는 내 애인이 되지 않았거
든. 내가 그 애의 동생과 함께 종종 그 애 집에 들르면 이전보다도
더 차갑게 나를 대해 주더란 말일세. 마치 내가 그전보다 더 나빠지
기나 한 것처럼. 초급 학교에 다닌 지 두 달쯤 지나서인데, 내가 그
계집애의 실상을 알게 되었다네. 어느 날 밤늦게 리테르의 숲을 배
회하고 있었는데, 벤치에 한 쌍의 연인이 앉아 있었지. 그래서 늘 하
던 버릇대로 둘의 이야기를 엿들으려고 가까이 가서 보았더니 프란
치스카와 어떤 직공이었어. 그들은 내가 있는 것을 모르고, 남자는
한 팔로 그 애의 목을 껴안고 한 손에는 담배를 들고 있었어. 그 애
의 가슴은 헤쳐져 있었고. 눈뜨고는 볼 수 없는 광경이었지. 그래서
모든 것이 수포로 돌아가고 말았다네.”

마홀드는 친구의 어깨를 쳤다.

“아니야, 그래서 오히려 잘됐지 뭐야.”

그러나 크눌프는 머리를 세게 흔들었다.

“아니야, 그렇지 않아. 만일 일이 그렇게 되지 않았더라면 나의
모든 것이 달라졌을 거야. 프란치스카에 대해서는 아무 말도 말게.

그 여자에 대해서는 말하고 싶지 않아. 만일 순조롭게 되었더라면 나는 사랑을 아름답고 행복한 것으로 알았을 것일세. 그래서 아마 초급 학교며 아버지와의 관계가 모두 잘되어 갔을 거야. 왜냐하면 뭐라고 할까…… 그 이후라도 많은 친구와 동료들, 그리고 애인까지도 생겼을 테니까. 그러나 나는 이미 사람의 말을 신용하거나, 나 자신의 약속에 얽매이지 않게 되었단 말일세. 두 번 다시 사람을 믿지 않게 되었지. 그래서 나는 나에게 어울리는 생활을 했다네. 자유스럽고 아름답게 살았지만, 항상 혼자였다네.”

그는 잔을 들어 남은 포도주를 조용히 마시고 일어섰다.

“미안하지만 난 좀 자야겠네. 다시는 그 이야기를 꺼내지 말게나. 자네는 할 일이 많겠지?”

의사는 고개를 끄덕였다

“잠깐만 기다리게. 오늘 병원에다 자네 입원실을 하나 부탁하려고 편지를 쓸 참이야. 자네 마음에 안 들지도 모르겠네만, 별도리가 없어. 빨리 손을 쓰지 않으면 자네 큰일나네.”

“뭐라고?”

크눌프는 여느 때와 달리 큰 소리로 외쳤다

“될 대로 되라지! 그렇게 해 봤자 아무 소용이 없다는 걸 자네도 잘 알지 않나. 이제 다시 무엇하러 새삼스럽게 병원에 감금된단 말인가?”

“그렇지 않아, 이 사람아. 좀 진정하게! 자네를 그대로 방랑하게 내버려둔다면 나는 인정머리 없는 의사가 될 걸세. 오베르시데텐에 가면 분명히 입원실이 있을 거야. 내가 특별히 편지를 써 주지. 일주일 후에 내가 자네를 문병하러 갈게. 약속하네.”

방랑자는 다시 의자에 깊숙이 눌러앉았다. 그는 눈물을 글썽이는 것 같았다. 여윈 두 손을 추워서 떨듯이 비비고 있었다. 그리고 애원하듯 어린애같이 의사를 쳐다보았다.

“정 그렇다면…….”

그는 낮은 소리로 말했다.

“내가 잘못이었네. 자네가 나 때문에 애를 쓰고 붉은 포도주까지 대접해 주었는데, 모든 것이 내게는 너무 과하네. 화내지는 말게. 자네에게 큰 청이 하나 있네.”

마홀드는 위로하듯이 그의 어깨를 툭툭 쳤다.

“이 사람아, 왜 그렇게 소심한가! 누가 자네 목을 뺄까 봐 그러나? 그런데 청이란 뭔가?”

“화내지 않겠나?”

“화를 내다니, 무슨 일인데?”

“그럼 부, 부탁하겠네, 마홀드. 나를 위해 힘을 써 줘. 나를 오베르시데텐으로는 보내지 말아 주게. 꼭 입원을 해야 한다면 게르베르사우 병원으로나 보내 주게. 거기엔 아는 사람도 있고, 또 고, 고향이니까. 그쪽이 치료도 좋을 것 같아. 나는 그곳에서 태어났으니까.”

그는 간절한 눈빛으로 애원했다. 흥분한 나머지 말까지 더듬거렸다. 마홀드는 열이 심하구나, 하고 생각하고는 조용히 말했다.

"자네가 소원하는 게 그것뿐인가? 걱정 말게. 게르베르사우 병원
에 편지를 쓰겠네. 자, 그럼 가서 눕게. 피로할 걸세. 말을 많이 했으
니까."

마홀드는 발을 끌듯이 방으로 들어가는 그의 뒷모습을 바라보다
가 문득 그에게서 준어 낚시를 배우던 어느 여름의 일이 떠올랐다.
친구들을 다루는 빈틈없는 방법, 귀여운 열두 살 난 소년의 열정 따
위를 상기하지 않을 수 없었다. '불쌍한 친구.' 하는 생각에 그는 가
슴이 뭉클했다. 그리고 일을 하기 위해서 분주히 일어섰다.

이튿날 아침은 안개가 끼였다. 크눌프는 종일 누워 있었다. 의사
가 책을 몇 권 갖다 주었으나 그는 손도 대지 않았다. 그는 정신이
혼미해지고 심한 압박감을 느꼈다. 정성 들인 간호와 훌륭한 침대와
좋은 음식을 대접받고 보니 죽을 날이 가까워졌다는 것이 그전보다
도 더욱 분명히 느껴졌기 때문이었다.

이대로 좀더 누워 있으면 다시는 일어나지 못할 것이라고 생각하
니 기분이 나빴다. 산다는 것은 그에게 그리 큰 문제가 아니었다. 다
만 죽기 전에 게르베르사우를 다시 한 번 보고 싶었다. 그곳 고향의
강과 다리와 광장과 아버지의 정원과, 그리고 프란치스카를 한 번
더 보고 세상을 떠나고 싶었다. 그 후의 애인들은 까맣게 잊어버리
고 말았다. 그의 긴 여행이 지금에 와서는 보잘것없고 쓸모 없는 일
같이 보이는 반면에, 신비에 찬 소년 시절은 새로운 빛과 매력을 한

층 더했던 것이다.

그는 간소한 응접실을 유심히 둘러보았다. 오랫동안 이렇게 좋은 곳에 있어 보지 못했었다. 실로 뜬 침대를 보고, 부드럽고 무늬 없는 담요며 아름다운 베갯잇을 내려다보며 손으로 만져 보기도 했다. 단단한 나무로 된 마루며 벽에 걸린 사진도 관심을 끌었다. 사진은 베니스의 총독 관저였는데 유리 장식의 액자에 끼여 있었다.

그러고 나서 뜬눈으로 오래 누워 있었다. 무엇을 보는 것도 아니고, 다만 피로하여 몸이 허약해진다는 것을 생각하고 있었다. 그러다 갑자기 일어나 앉아, 침대 위에서 허리를 굽히고 장화를 당겨서는 자세히 살펴보았다. 성하지는 않았지만 아직 10월이니 첫눈이 올 때까지는 신을 수 있을 것 같았다. 그러나 더는 신을 수 없을 것이다. 마홀드에게 헌 구두를 한 켤레 얻을까 생각했다. 그러나 마홀드에게 의심을 받게 될 것이므로 그렇게 할 수도 없었다. 병원에서 무슨 신이 필요할 것인가.

그는 구두의 헤진 가죽을 만져 보았다. 기름을 칠해 손질을 잘하면 적어도 한 달은 견딜 수 있을 것 같았다. 오히려 헌 구두가 자기보다 오래 견딜 것 같았다. 큰길에서 자신의 모습이 사라진 뒤에도 구두는 여전히 소용이 될 것이다. 그는 장화를 내려놓고 긴 한숨을 쉬려고 했으나, 가슴이 아파서 기침이 멎기를 기다려 짧게 숨을 쉬었다. 마지막 소원을 이루기 전에 병세가 악화되지나 않을까 하는 불안을 느꼈다. 그는 이미 여러 번 그랬듯이 다시 죽음에 관해 생각하려 했다. 그러나 머리가 피곤하여 졸음이 왔다. 한 시간쯤 후에 눈을 뜨자 종일 잔 것같이 기분이 맑아지고 침착해졌다.

그는 마홀드에 대해 생각했다. 그리고 이곳을 떠난다면 어떤 감사의 표적을 남겨 두어야겠다는 생각이 들었다. 어제 의사가 시(詩)에 대해 물어 봤던 것이 생각나 자작시를 한 수 적어 놓고 싶었다. 그러나 하나도 완전히 기억나는 것이 없고, 또한 마음에 들지도 않았다. 창 너머로 가까운 숲 속에 안개가 잔뜩 낀 것이 보였다. 오랫동안 그것을 바라보고 있으려니까 문득 생각이 떠올랐다. 그는 어제 방 안에서 얻은 연필 토막을 잡고, 머리맡에 놓인 작은 책상 서랍 속에서 깨끗한 흰 종이를 꺼내 한 편의 시를 썼다.

안개가 내리면
꽃은 모두 떨어지리.
사람은 죽어
무덤에 묻히리.
사람도 또한 꽃이니
봄이 오면 다시 와
앓지 않고 건강하리.

그는 쓰던 손을 멈추고 읽어 보았다. 시는 운도 맞지 않아 올바른 것이라고 할 수 없었다. 그러나 자기가 말하고 싶은 것이 그 속에 담겨 있었다. 그는 연필에 침을 칠해 다음 줄에 이렇게 적었다.

의사 마홀드에게. 진심으로 감사하는 친구 K.

그러고 나서 종이쪽지를 책상 서랍에 넣었다.

이튿날은 더욱 안개가 끼였는데 기후가 몹시 차서 낮이 되어서야 해를 볼 수 있었다. 의사는 크눌프의 간절한 청에 못 이겨 그가 일어나는 것을 허락했다. 그리고 게르베르사우 병원에 입원실을 구해 놓았고 그가 오기를 기다리고 있다고 말해 주었다.

"그럼 점심 후에 걸어가겠네. 네 시간쯤 걸릴까? 아마 다섯 시간쯤 걸릴지도 모르지." 하고 크눌프가 말했다.

"그건 안 되네, 걸어가다니. 지금으로선 안 되네. 차편이 없으면 나와 같이 마차로 가세. 내가 한번 촌장에게 사람을 보내 보지. 촌장이 과일이나 감자를 싣고 거리로 갈 일이 있을지도 몰라. 하루 이틀 늦어도 상관없지 않은가."

마홀드는 큰 소리로 웃으며 말했다.

크눌프는 그렇게 하기로 했다. 그리고 촌장의 하인이 내일 송아지 두 마리를 가지고 게르베르사우로 간다는 것을 알게 되어, 그 마차를 타고 가기로 결정했다.

"좀더 두꺼운 옷이 필요하지 않을까? 내 옷을 입는 것이 어때? 자네한테는 좀 클까?" 하고 마홀드가 말했다.

크눌프는 반대하지 않았다. 옷을 가져왔기에 입어 보았더니 잘 맞았다. 감도 좋고 손질도 잘한 양복을 보고 크눌프는 옛날 어린 시절처럼 기뻐하며 단추를 바꾸어 달기 시작했다. 의사는 그가 하는 짓을 재미있게 바라보더니 칼라도 하나 더 주었다.

오후에 크눌프는 몰래 새 양복을 입어 보았다. 옷맵시가 좋은 것을 보고, 최근에 면도를 하지 않았다는 것을 깨달았다. 그러나 가정부에게 부탁하여 의사의 면도칼을 빌려 달라고 할 용기가 없었다. 그는 마을의 대장간을 찾아가 빌리기로 했다. 대장간은 곧 찾을 수 있었다. 그는 안으로 들어가서 옛날 대장장이의 말솜씨로 말했다.

"처음 뵙겠습니다. 딴 고장 대장간에서 왔소. 일자리를 좀 구할까 해서."

대장장이는 냉정하게 그를 자세히 뜯어보았다

"자네는 대장장이가 아니야. 나를 속일 순 없지." 하고 대장장이가 침착하게 말했다.

"그래, 잘 보았소." 하고 크눌프가 웃었다.

"역시 눈이 정확하군. 한데 나를 몰라본단 말인가. 나는 옛날에 음악을 했지. 당신은 토요일 밤 아코디언에 맞춰 하이테르바하에서 춤을 추곤 하지 않았나."

대장간 주인은 미간을 찌푸리며 그대로 줄질을 두세 번 하고 나서 크눌프를 밝은 곳으로 데리고 가더니 자세히 들여다보았다.

"아, 이제야 알겠네." 하고 그는 잠시 웃었다.

"크눌프일세그려. 오래 못 만났더니 늙어 보이네. 불라흐에는 왜 들렀나? 10전짜리 한 개나 능금주 한잔쯤은 줄 수 있네."

"그래 고마워. 그건 받은 것으로 치고, 다른 청이 있어. 면도칼을 한 15분 정도 빌려줄 수 없겠나? 오늘 밤에 춤을 추러 갈까 해서."

주인은 손가락으로 찌를 듯한 태도로, "에잇, 거짓말쟁이! 아직도 변치 않았군. 내가 보기엔 춤 따윈 거들떠보지도 않을 것 같네." 하고 말했다. 크눌프는 유쾌한 듯이 껄껄 웃었다.

"자네는 역시 영리하군. 법관이 되지 못한 게 한이야. 사실은 내일 입원을 하게 됐네. 마홀드가 주선했지. 이렇게 수염이 텁수룩한 채로 병원에 갈 수 없다는 것은 자네도 알겠지. 그러니 면도칼을 좀 빌려 주게. 30분 후에 돌려줄 테니."

"그래. 그런데 면도칼을 들고 어디로 갈 셈인가?"

"의사네 집으로 간다네. 그곳에 묵고 있어."

대장간 주인은 그래도 믿어지지 않는 눈치였다.

"빌려 주기는 하겠지만, 내 면도칼은 보통 면도칼이 아닐세. 진짜 조링게르제 면도칼이야. 꼭 돌려줘야 하네."

"그 점은 염려 말게."

"알았네. 그런데 자네 윗저고리가 참 좋네그려. 면도하는 데는 필요가 없을 테니, 그것을 벗어서 맡겨 두었다가 면도칼을 가지고 와서 찾아가면 어떻겠나?"

크눌프는 얼굴을 찡그렸다.

"좋아, 자네는 내 친구니까. 어쨌든 좋아, 그렇게 하겠네. 선심을 쓸 줄 모르는 친구니까."

그리하여 크눌프는 대장장이의 면도칼을 가져오고, 담보로 윗저고리를 맡겼다. 그러나 그을음투성이의 대장장이가 그것을 만질 생각을 하니 견딜 수가 없었다. 크눌프는 30분 후에 다시 와서 조링게르제 면도칼을 돌려주었다. 그는 턱수염이 말끔히 없어지고 딴사람같이 되었다.

"이제 귀 뒤에 패랭이꽃이라도 하나 꽂으면 새신랑 같겠는데!" 하고 대장장이가 감탄하여 말했다.

집 앞까지 왔을 때 의사를 만났다. 의사는 놀란 표정으로 그를 붙잡고 말했다.

"어디를 그렇게 다니나? 야, 사람이 달라졌군! 음, 면도를 했구먼! 자네는 정말 아직 어린애야!"

그러나 의사는 그가 밉지 않았다. 크눌프는 그날 저녁에도 붉은 포도주를 대접받았다. 두 동기생의 송별연이었다. 둘은 모두 될 수 있으면 기분을 돋우며 상대방의 기분이 상하지 않도록 애를 썼다.

이튿날 아침, 촌장네 하인이 마차를 끌고 왔다. 마차 위에는 송아지 두 마리가 우리 속에 갇혀 찬 아침 공기에 무릎을 떨며 눈을 끔벅이고 있었다. 목장에 첫서리가 내렸다. 크눌프는 마차 앞자리에 하인과 함께 앉아 무릎 위에 담요를 덮었다. 의사는 그의 손을 꼭 잡고 나서 하인에게 반 마르크짜리 한 개를 주었다. 마차는 덜커덩

거리며 숲 쪽으로 사라졌다.

하인은 파이프에 담뱃불을 붙였다. 크눌프는 졸음이 오는 듯한 눈을 깜박이며 희뿌연 아침의 찬 공기를 바라보았다. 잠시 후에 해가 떴다. 낮은 더웠다. 마부석에 앉은 두 사람은 이야기를 시작했다. 하인은 게르베르사우에 이르면 송아지를 실은 채로 길을 돌아서 병원까지 데려다 주겠다고 고집을 부렸으나, 크눌프는 그러지 않아도 된다고 거절했다. 그래서 그들은 마을 어귀에서 다정하게 헤어졌다. 크눌프는 그대로 서서 가축 시장 근처 단풍나무 밑으로 사라지는 마차를 바라보았다. 그는 빙긋이 웃고 나서 그 고장 사람들만이 알고 있는 나무 울타리 샛길을 걸어갔다. 그는 다시 자유의 몸이 되었다. 병원에서 기다리건 말건 알 바가 아니었다.

고향에 돌아온 크눌프는 햇빛과 대기, 고향의 소리와 향기를 다시 한 번 맛보고, 충만하고, 그리운 추억을 마음껏 되새겼다. 농부와 마을 사람들이 가축 시장에서 떠드는 소리, 갈색 밤나무의 그림자, 마을 성벽에 날아다니는 늦가을의 검은 나비, 광장 한복판에서 사방으로 흩어지는 분수, 술도가 지하실의 아치형 입구에서 들려오는 빈 통을 두들기는 소리와 포도주 냄새, 갖가지 추억이 하나하나 겹쳐지는, 기억이 생생한 골목길의 이름 등. 고향을 잃었던 사나이는 고향에 돌아왔다는 것, 그것을 알고도 남는다는 것, 기억한다는 것, 친구라는 것 등의 복잡한 매력을 거리 모퉁이마다, 대리석마다에서 전신의 감각으로 받아들였다.

그는 오후 내내 거리를 돌아다니면서 구경했는데 피로한 줄을 몰랐다. 강변에 있는 칼 가는 집에서 흘러나오는 소리를 엿듣기도 하고, 창 너머로 가게 안을 들여다보기도 하고, 새로 칠한 간판에 쓰여진 집들의 이름을 읽기도 했다. 광장에 있는 분수에서 손을 씻고, 작은 수도원장 집 우물에서 비로소 갈증을 풀었다. 이 우물은 꽤나 오래된 집 지하에서 옛날부터 한결같이 콸콸 솟아나는 석간수로, 밝은 햇빛을 받으며 흘러넘쳤다.

강변에서는 오래 서 있었다. 물위의 목제 난간에 서서 검은 수초가 떠 있는 모양이며, 흔들거리는 잔돌 위에 좁은 등을 세우고 조용히 멈춰 있는 검은 물고기를 바라보았다. 그는 낡은 나무다리를 건너다 중간쯤에서 무릎을 굽히며 다리를 흔들리게 하여 어릴 때처럼 그 고요한 다리의 탄력 있는 반동을 느끼려고 했다.

그는 천천히 걸었다. 잔디밭에 있는 작은 교회의 보리수며, 한때 즐겨 수영하던 위쪽 물레방아 옆 둑이 그대로 있었다. 이전에 아버지가 계시던 집 앞에 와서는 잠시 서서 낡은 대문 옆에 기대어 보았다. 그리고 정원에도 들어가 보았다. 친밀감이 없는 새로운 철조망 위로 새로 심은 나무들이 보였으나, 비나 헐린 축대와 문 옆에 둥글게 우뚝 선 돌배나무는 옛날 그대로였다.

여기서 크눌프는 일생의 가장 즐거운 날을 보냈었다. 그때는 아직 라틴어 학교를 쫓겨나기 전이었다. 여기서 그는 한때 지극한 행복, 남김 없는 모든 성취, 그리고 괴로움 없는 축복을 맛보았다. 앵두를 도둑질해 먹던 여름이 생각났다. 사랑스러운 골드락, 싱싱한 매꽃, 부드러운 제비꽃을 가꾸며 즐기던 정원. 여러 가지 꽃들은 피고 나면 곧 져 버리는 것이었다. 토끼장, 일터, 도마뱀 집, 정향나무를 파서 만든 수도, 감나무로 살을 만든 물레방아 바퀴 등이 떠올랐다. 고양이가 잠드는 지붕치고 모르는 곳이 없었고, 과실이 열리는 정원치고 모르는 곳이 없었다. 나무마다 올라가서 나뭇가지를 타고 푸른 꿈을 꾸었었다.

이 작은 세계를 그는 친밀감을 가지고 마음껏 사랑했다. 여기에 있는 모든 키 작은 나무, 모든 울타리는 그에게 특별한 의미와 감정과 역사를 지닌 것이었다. 비가 올 때마다 눈이 내릴 때마다 그에게 말해 주었고, 하늘도 땅도 그의 꿈과 희망 속에 살며 그의 물음에 대답하며 그와 같이 숨쉬었다. 아니, 오늘도 역시 그렇다. 이곳에 사는 사람이나 정원의 소유자로서 그 어느 누가 그보다 더 이 모든 것을 소유하며, 그 가치를 인정하며, 그것들과 대화하며, 여러 가지 회상을 가질 수 있을 것인가. 크눌프는 이런 생각을 하고 있었다.

근처 지붕 사이로 화려한 집의 회색 지붕 꼭대기가 우뚝 솟아 있었다. 그곳은 옛날에 피혁공 하시스가 살았던 곳이었다. 크눌프의 소년 시절의 유희와 기쁨이, 소녀와의 최초의 부끄러운 장난을 하며 끝장을 본 것도 그곳이었다. 그곳에서 그는 사랑의 예감을 느끼며 어두운 저녁 골목길을 걸어 집에 돌아온 일도 많았다. 피혁공의 딸들의 땋아 늘인 머리를 풀어 주기도 하고, 아름다운 프란치스카의 키스에 황홀감을 느끼던 곳도 그곳이었다. 오늘 저녁 늦게나 적어도 내일 아침에는 그곳에 가 보리라고 마음먹었다. 그러나 지금은 이런 추억들이 그의 마음을 사로잡지는 못했다. 그보다 더 어렸을 때의 단 한 시간의 추억 때문에 다른 일이 희생되어도 좋은 심정이었다.

그는 한 시간 이상을 울타리에 기대어 정원 안을 들여다보았다. 그가 보고 있는 정원은 새로운 낯선 정원이 아니었다. 그곳에는 푸른 딸기 덩굴이 이미 열매가 떨어져 가을빛을 띠고 있었다. 그는 그 옛날 아버지의 정원을 조용히 회상했다.

작은 화단에 그가 심은 작은 꽃들, 부활절 일요일에 심은 앵초, 유리 같은 봉선화, 돌로 쌓은 작은 산, 그 산에다 수백 번이나 도마뱀을 잡아다가 놓아두었으나, 불행하게도 한 놈도 그곳에서 살아남아 가축이 되려고 하지 않았었다. 그래도 자꾸 잡아다가 기대와 희망을 가지고 되풀이해 보았었다. 오늘날 세상에 있는 모든 집과 정원, 모든 꽃과 도마뱀과 작은 새를 자기에게 다 준다 해도, 그것은 그때의 작은 정원에 자라나 아름다운 꽃잎을 방긋이 봉우리에서 내밀던 한 포기 여름 꽃의 기묘한 반짝임에 비하면 아무것도 아닐 것이라는 생각이 들었다. 그때는 뱀딸기 덩굴도 있었다. 그 한 포기 한 포기를 지금도 생생하게 기억할 수 있었다. 그러나 지금은 흔적도 없었다. 영원히 남아 있을 수는 없었던 것이다. 누군가가 뿌리째 뽑아 불에 태워 버렸을 것이고, 누구 하나 그것을 서러워하지도 않았을 것이다.

그렇다, 여기서 그는 마훌드와 가끔 놀았었다. 그는 지금 의사가 되고 신사가 되어 마차를 타고 환자의 집을 왕진하고 있다. 예나 지금이나 선량하고 정직한 사람이겠지. 그러한 그가, 지혜롭고 튼튼하던 그가, 옛날의 신앙심 강하고 수줍어하고 사랑에 넘치던 소년에 비해 얼마나 변한 것이었을까? 이곳에서 그는 마훌드에게 파리 잡는 주머니며, 메뚜기 넣는 통을 만드는 법을 가르쳐 주었다. 그는 마훌드의 선생 격이었고, 키도 더 컸고 지혜도 더 있어, 그보다는 월등했고 칭찬을 받는 아이였다.

옆집에 서 있는 정향나무도 늙어서 이끼가 끼여 죽어 있었고, 또 다른 집 정원에 있던 판잣집도 쓰러져 있었다. 같은 장소에 다시 그렇게 지으려고 했으나 이전과 같이 아름답고 즐겁고 짜임새 있게는 못 지은 교회의 탑 때문에 거리의 모습이 변해 있었다. 때마침 그 교회에서 낯선 종소리가 크게 흘러나왔다. 그는 피혁 공장의 문을 통해 정원에 들어섰다. 일이 끝나서 아무도 보이지 않았다. 부드러운 땅을 소리 없이 밟아, 가죽에 회색 물을 들이기 위한 웅덩이 옆을 지나 돌담까지 갔다. 거기에는 푸르게 이끼 낀 돌 옆으로 냇물이 흐르고 있었다. 그곳이 바로 어느 날 저녁에 맨발을 물속에 담그고 프란치스카와 나란히 앉아 있던 장소였다.

그때 그 계집애가 자기를 버리지 않았던들 모든 게 달라졌을 것이라고 크눌프는 생각했다. 라틴어 학교의 공부에는 게을렀겠으나, 그래도 좀더 다르게 될 수 있는 힘과 의지는 가지고 있었을 것이다.

편안하고 명랑한 생활이 있었을 것이다. 그러나 그때 그는 자포자기가 되어 아무것도 배우려고 하지 않았고, 주위 사람들도 내버려두어 그에게 아무것도 요구하지 않았었다. 그리하여 그는 예외자, 방랑자, 방관자가 되었다. 그래도 젊었을 때는 어울렸지만 늙고 병들자 외로운 몸이 되었다. 그는 몹시 피로를 느껴 돌담 위에 앉았다. 시냇물이 그의 생각을 어지럽게 했다.

그때 머리 위로 보이는 창문에 전등이 커졌다. 벌써 이렇게 늦었나 하고 그는 놀랐고, 이런 데서 다른 사람 눈에 띄면 큰일이라고 자신을 타일렀다. 그는 가만히 정원을 지나 문 밖으로 나와서 웃옷의 단추를 채우고 잘 곳을 생각했다. 의사가 준 돈이 있었다. 잠시 생각한 후에 어떤 싸구려 하숙집으로 들어갔다. '천사여관'이나 '백조여관'으로 갈 수도 있었다. 그곳은 아는 여관이고, 또한 그곳에 가면 친구도 만날 수 있을는지 모른다. 그러나 지금의 그는 그런 것을 생각할 겨를이 없었다.

이 작은 마을은 변한 것이 많았다. 이전 같으면 그런 것에 일일이 관심을 가졌겠지만, 지금의 그로서는 옛날 그대로의 것을 보고 알고 싶었다. 그러나 프란치스카가 죽었다는 소식을 듣자 모든 것이 생기가 없어 보였다. 그가 멀리 이곳까지 찾아온 것도 그녀를 한 번 보기 위해서였다. 거리를 헤매고 정원들의 샛길을 걸어다니며 아는 사람들을 만나 동정 어린 말을 듣는다고 해서 무슨 소용이 있단 말인가. 그는 좁은 우체국 골목길에서 우연히 그곳 공의(公醫)를 만나자,

갑자기 병원에서 자기를 찾고 있지 않을까 하는 생각이 들었다. 그는 곧 빵집에서 빵을 두 개 사서 웃옷 주머니에 넣고, 아직 오전이었으나 마을을 빠져나와 험한 산길을 오르기 시작했다. 숲의 끝, 산길이 굽어지는 곳에 흙투성이가 된 한 사내가 돌 위에 앉아서 자루가 긴 망치를 들고 회청색 석회를 빻고 있었다. 크눌프는 그를 유심히 보고 나서 인사를 하고는 발을 멈추었다.

"안녕하시오." 하고 대답을 하며 그 사내는 머리도 들지 않고 그냥 망치질만 하는 것이었다.

"날씨가 흐려질 것 같군요."

크눌프가 다시 말을 붙었다.

"글쎄요." 하고 석공은 무뚝뚝하게 말하더니 눈을 좀 치뜨고 그를 바라보았다. 길에 비치는 대낮의 햇살이 반사되어 눈이 부신 모양이었다.

"어디를 가시지요?"

"로마로 가서 교황을 참배할까 하는데 아직 멀지요?"

크눌프가 말했다.

"오늘 안으로 못 갈 겁니다. 당신처럼 여기저기 기웃거리고 남의 일을 간섭하면서 가자면 일년이 걸려도 못 갈 거요."

"그럴까? 뭐 그다지 서둘 필요도 없으니까. 당신은 부지런하군요, 안드레스 샤이플레 씨."

석공은 손을 눈두덩에 대고 나그네를 자세히 바라보았다.

“나를 아시오?” 하고 그가 묻더니 생각하는 듯이 말을 이었다.

“나도 알 것 같은데 이름이 잘 생각나지 않는군요.”

“그럼 게 장사 하는 할아버지에게 물어 보시지. 전세기 90년대에 우리가 어디 있었느냐고. 아마 그 영감님도 돌아가셨겠지만.”

“벌써 돌아가셨지요. 아, 이제야 생각나는군. 크눌프가 아닌가! 앉게나. 이거 미안하네.”

크눌프는 앉았다. 언덕을 빨리 올라와서인지 숨이 몹시 가빴다. 이제 비로소 산 밑의 작은 마을이 아름답게 바라보였다. 붉고 푸른 지붕들, 그 사이로 푸른 나무들이 작은 섬같이 보였다.

“좋은 데서 일하는군.”

크눌프는 숨을 들이마시며 말했다.

“그렇지, 불평할 수야 없지. 그런데 자넨? 이런 산은 문제없이 올라오곤 하지 않았나, 안 그런가? 그런데 지금 자넨 숨이 끊어질 것 같네그려. 자네 고향에 다시 돌아오는 길인가?”

“그렇다네, 샤이플레. 아마 이번이 마지막일 것 같네.”

“왜 그런 말을 하나?”

“폐가 아주 나빠졌어. 어떻게 손쓸 도리가 없겠지?”

“고향에 남아서 열심히 일을 하고 처자도 있고 집도 있었다면 그렇게 되지는 않았을 걸세. 이런 말이야 해서 무엇하나. 자네는 벌써부터 알고 있었을 텐데. 이제 와서는 별수 없지. 아주 심한가?”

“글쎄, 잘 알지는 못해. 아니, 벌써부터 알고 있었지. 언덕을 내려가는 것같이 매일 조금씩 더해 간단 말이야. 그래서 아무에게도 폐를 끼치지 않도록 혼자 있으면 훨씬 마음이 편하다네."

"어떻게 하든 자유지만, 그건 슬픈 일이군."

"그렇지도 않아. 누구나 한 번은 죽으니까. 석공은 안 그럴 줄 아나? 이 사람아, 우리가 지금 이렇게 둘이 나란히 앉아 있지만, 그렇게 도도할 수는 없는 걸세. 자네는 벌써 이전에도 딴생각을 가졌었지. 그때 자네는 철도 자살을 하겠다고 하지 않았나?"

"그따위 옛날 얘기는 그만두세."

"그런데 아이들은 잘 자라나?"

"별일 없네. 야곱이라는 녀석은 벌써 일을 한다네."

"그래? 세월이 빨라. 자, 좀더 걸어 볼까."

"그렇게 바쁠 거 없지 않나? 참 오래간만일세! 내가 뭐 도움 될 게 있으면 말해 주게나. 지금은 가진 것이 없네만, 1마르크는 있을 거야."

"자네나 쓰게. 어쨌든 고맙네."

그는 더 말하고 싶었으나 가슴이 아파 입을 다물었다. 석공은 그에게 술병을 기울여 마시게 했다. 그들은 잠시 동안 멀리 마을을 내려다보았다. 물레방아의 물줄기들이 햇빛에 빛나고, 한 대의 마차가 석교를 건너가는 것이 보였다. 제방 밑에는 해오라기들이 한가로이 날고 있었다.

"잘 쉬었으니, 이제 또 걸어 봐야지."

크눌프가 다시 말했다.

석공은 앉아서 잠시 생각하더니 머리를 옆으로 흔들었다.

"이봐, 자네는 그렇게 떠돌이가 안 될 수도 있었을 텐데."

그는 조용히 말을 이었다.

"자네도 불쌍한 사람일세, 크눌프. 알겠나? 내가 뭐 광신자는 아니지만 성경에 있는 것은 그대로 믿네. 자네도 생각해 보게. 여러 가지 이유가 있겠지만, 일이 그렇게 간단히 되는 게 아니야. 자네는 남보다 뛰어난 재능을 가지고도 그것을 발휘하지 않았단 말이야. 이런 말 한다고 노하지는 말게."

크눌프는 웃었다. 그의 눈은 빛났으나 옛날과 같이 악의가 없는 것이었다. 그는 친구의 어깨를 친밀하게 툭툭 치며 일어섰다.

"이제 알게 될 걸세, 샤이플레. 인자하신 하느님은 아마 '너는 왜 지방 법원 판사가 되지 않았지?' 하고 묻지는 않을 걸세. 아마 '어린애 같은 녀석 또 왔구나.' 하고 말씀하시겠지. 그리고 아이 보는 일 같은 쉬운 일을 줄 걸세."

푸르고 흰 무늬가 있는 셔츠를 입은 안드레스 샤이플레는 어깨를 들먹거렸다.

"자네와는 진지한 얘기가 안 돼. 자네가 천국에 가면 신도 농담밖에 하지 않으실 걸로 생각하나?"

그들은 서로 악수를 나누었다. 그때 석공은 바지 호주머니에서 몰래 꺼낸 작은 은전을 그에게 쥐어 주었다. 크눌프는 친구의 호의를 무시하지 않으려고 그것을 그냥 받았다. 크눌프는 정다운 고향의 계곡을 다시 한 번 보고 돌아서서 안드레스 샤이플레에게 또다시 머리를 끄덕였다. 그는 기침을 하기 시작하더니 걸음을 재촉해 어느덧 위쪽 숲 사이로 사라지고 말았다.

차가운 안개가 낀 날이 며칠 지나자 다시 맑아졌다. 늦게 피는 글로켄꽃과 날씨가 차가워진 후에 익은 검은 딸기를 볼 수 있었다. 그리고 다시 이런 날이 며칠 지나자 갑자기 겨울이 닥쳐왔다. 차가운 서리가 내리고 사흘쯤 날이 좀 풀리더니 곧 큰 눈이 내렸다.

크눌프는 그동안 계속 돌아다녔다. 고향의 주변을 목적도 없이 걸어다니고, 숲 속에 숨어서 석공 샤이플레를 가까운 곳에서 두 번이나 보았으나 그 모습을 관찰했을 뿐 다시 말을 걸지는 않았다. 그에게는 너무나도 생각할 것이 많았다. 끝없고 쓸데없는 괴로운 길을 걸으며 질기고 엉킨 가시덩굴같이 복잡한 일생에 대한 착잡한 생각에 점점 깊이 빠졌으나, 거기선 아무 의미도 위안도 발견할 수가 없었다. 그 후에 병이 다시금 중태에 빠졌다. 어느 날, 어쨌든 게르베르시우로 내려가서 병원 문을 두드릴까 하는 마음도 먹었었다. 그러나 하루 종일 혼자 있다가 산 밑의 마을을 내려다보니 모든 것이 낯설고 자기가 미워하는 것 같은 생각까지 들었다. 그리고 자기는 이미 이곳 사람이 아니라는 생각도 들었다.

그는 가끔 마을에 가서 빵을 사 왔다. 그리고 산에는 개암 열매가 많았다. 밤에는 초부들의 통나무 집이나 밭에 있는 짚더미 속에서 지냈다. 지금 그는 눈이 내리는 볼프스 산을 넘어 골짜기에 있는 물레방아 쪽으로 걸어갔다. 그는 쇠약하고 피로했으나 그대로 걸어, 마치 얼마 남지 않은 삶을 최대한 이용하여 모든 숲과 모든 숲길을 걸어다니려고 하는 것 같았다. 병들고 피로했으나 그의 눈과 코는 여전히 생생했다. 날쌘 사냥개와 같이 잘 보고 냄새를 잘 맡아, 별 목적도 없었기에 모든 웅덩이며 미풍이며 짐승의 발자취를 찬찬히 살폈다. 그는 이미 의지를 잃은 채 오직 발만이 걸어가고 있었다.

그러나 여러 날 동안 줄곧 그랬던 것처럼 생각만으로는 지금도 다시 인자하신 신 앞에 서서 신과 함께 끝없이 이야기하는 것이었다. 그는 조금도 무서워하지 않았다. 신은 인간을 지배할 수 없다고 생각했기 때문이었다. 그러나 신과 크눌프는 서로 그의 생애가 무의미했음을 이야기하고 있었다. 그리고 어떻게 했으면 지금과 달라질 수 있었을까, 모든 게 이렇게밖에 되지 않은 것은 무엇 때문이었을까에 대해 서로 이야기했다.

"그때 일입니다." 하고 크눌프가 되풀이해 말했다.

"제가 열네 살 때 프란치스카한테 버림을 당했을 때입니다. 그 일만 없었더라면 저는 무엇이든 되었을 것입니다. 그러나 그때부터 저는 파괴되고 망가지고 말았습니다. 그 후로 저는 전혀 쓸모 없는 인간이 되었지요. 아, 뭐라고 할까요? 잘못이 있다면 당신이 저를 열네 살에 죽이지 않았다는 것뿐입니다. 그때 죽었다면 저의 생애는 익은 사과처럼 아름답고 완전했을 것입니다."

신은 그러나 계속 미소를 지을 뿐이었다. 그의 얼굴은 때로 완전히 눈보라 속에 파묻혀 보이지 않았다.

"크눌프!" 하고 신은 깨우치듯 말했다.

"그대는 젊은 시절 오덴발트에서 지낸 여름과 레히시데텐에서 지낸 일을 생각해 보라! 그대는 어린 사슴같이 춤추며 아름다운 생이 온몸에 약동하는 것을 느끼지 않았던가. 그대는 노래도 부르고 하모니카도 잘 불어 여자들의 눈을 황홀케 하지 않았던가? 바우에르즈빌에서 지낸 일요일 날들을 잊었는가? 그리고 그대의 최초의 애인이었던 헨리에트를 잊었는가? 그래도 모든 것이 허사였단 말인가?"

크눌프는 과거를 회상하지 않을 수 없었다. 그러자 청춘 시절의 기뻤던 여러 가지 일들이 먼 봉화를 바라보듯 희미하고 아름답게 피어오르며 꿀과 포도주같이 강렬하고 달콤하게 느껴지고, 이른 봄밤의 바람같이 훈훈하게 불어오는 것이었다. 그것은 아름다웠다. 환희도 비애도 다 아름다웠다. 그런 나날의 하루라도 없었더라면 나의 생활은 비참했으리라!

"네, 정말 아름다웠습니다."

그는 그것을 시인하면서도 피로에 지친 어린애같이 반항적이고 울고 싶은 심정으로 가득 찼다.

"그때는 아름다웠습니다. 물론 거기에는 죄나 슬픔이 깃들어 있었습니다. 그러나 행복한 시절이었던 것은 사실입니다. 아마 그때의 저같이 매일 밤 술을 마시며 춤을 추며 사랑을 속삭이며 지낸 사람도 많지 않을 것입니다. 그러나 그때, 그만 그쳤어야 했습니다. 그때 벌써 행복 속에 가시가 있었습니다. 저는 잘 기억합니다. 그 이후에 는 다시는 그런 좋은 시절이 안 돌아왔습니다. 아니, 절대로 없었습 니다."

신은 멀리 눈보라 속으로 사라졌다. 크눌프는 숨을 좀 쉬려고 발 을 멈추었다. 흰 눈 위에 피를 몇 방을 토했다. 그때 신이 홀연히 다 시 나타나서 말했다.

"크눌프, 말해라. 그대는 은혜를 모르는 사람이 아닌가. 나는 그대 가 건망증이 심한 것을 보고 웃을 수밖에 없다. 그대가 한때 무도장 의 왕으로 지내던 일과, 그대의 헨리에트의 일을 회상하고 나서 그 때는 아름답고 의미가 있었다고 인정하지 않았는가. 헨리에트를 그 렇게 생각한다면 리자베트에 대해서는 어떻게 생각하는가? 그 여자 에 관한 것은 모두 잊었는가?"

그러자 크눌프의 눈에는 과거의 한 토막이 멀리 있는 한 줄기의 산맥같이 떠올랐다. 그것은 조금 전의 추억처럼 즐겁고 유쾌한 것은 아니었으나, 눈물을 머금고 웃는 여인같이 더욱 신비스럽고 친근한 빛을 띠고 있었다. 오랫동안 까마득히 잊어버렸던 시절이 떠오르면 서 그 속에 리자베트가 보였다. 그의 아름다운 눈에는 눈물이 고여 있었고 팔에는 어린아이가 안겨 있었다.

"아, 나는 얼마나 악한 놈인가!"

그는 다시 탄식하기 시작했다

“리자베트가 죽은 이상 저도 살아서는 안 되는 일이었습니다.”

그러나 신은 그의 말을 가로막고 맑은 눈으로 크눌프의 마음까지 꿰뚫어 보며 말을 계속했다.

“그만둬, 크눌프! 그대가 리자베트에게 큰 슬픔을 준 것도 사실이다. 그러나 그러한 것보다는 부드러움과 아름다움을 그녀에게 더 많이 주었다는 것을 그대는 알고 있을 것이다. 그리고 그녀는 그대를 잠시도 원망한 적이 없었다. 이 어린애 같은 사람아, 아직도 그대는 그러한 모든 것의 뜻을 모르고 있는가? 그대가 경솔한 방랑자가 된 것은 도처에서 어린애 같은 익살과 웃음을 주기 위해서였다는 것을 모르고 있는가? 그래서 도처에서 사랑을 받고 희롱을 받고 감사를 받기 위해서였다는 것을 모른단 말인가?”

“생각하니 참으로 그렇습니다.”

크눌프는 잠시 생각한 후 나지막한 소리로 대답했다.

“그러나 그것은 모두 제가 아직 젊었던 시절의 일입니다. 왜 저는 그 모든 것에서 아무것도 배우지 못하고, 또한 왜 옳은 사람이 못 되었을까요? 그 후에도 충분한 시간이 있었는데요.”

눈이 잠시 멎었다. 크눌프는 발길을 멈추고 모자와 옷에 쌓인 눈을 털려고 했다. 그러나 정신이 산란하고 피로하여 그렇게 할 수가 없었다. 신은 지금 그에게 더욱 가까이 나타났다. 그의 맑은 눈은 더욱 크게 뜨이고 태양과 같이 빛났다.

“자, 이제 만족하라.”

신은 충고했다.

"이제 탄식한들 무엇하리요. 모든 것이 좋았고 올바르게 진행되어 달리는 될 수 없었다는 것을 그대는 모르는가? 아니면 지금에 와서 새삼스럽게 신사가 되고 공장의 주인이 되어 처자를 거느리고 저녁에 주간 신문을 읽는 신세가 되고 싶단 말인가? 그런 신세가 되더라도 자네는 곧 달아나 숲 속에서 여우 곁에 자거나, 새장이나 놓고 도마뱀을 키우는 짓을 할 것이 아닌가?"

크눌프는 다시 걷기 시작했다. 피로에 지쳐 몸이 비틀거렸으나 자신은 그것도 모르고 있었다. 좀 기분이 좋아졌다. 그리고 신의 말에 감사하며 인정했다.

"보라!" 하고 신은 말했다.

"나는 지금의 그대를 달리 만들 수 없었다. 나의 이름으로 그대는 방황했고, 정주(定住)하는 사람들에게 언제나 자유에 대한 향수를 불러일으켜 주었다. 나의 이름으로 그대는 어리석은 일을 하여 세상 사람들의 웃음거리가 되었다. 다시 말하면 그대 속에 있던 내 자신이 웃음거리가 되고 또한 사랑을 받은 것에 불과했단 말이다. 그대는 나의 아들이요, 나의 동생이며, 나의 분신이었다. 그래서 그대가 맛보고 겪은 모든 괴로움은 나도 똑같이 체험하지 않은 것이 없다."

"네, 네, 그렇습니다. 저는 그것을 언제나 잘 알고 있습니다."

크눌프는 대답하며 머리를 정중히 숙였다.

그는 눈 속에 누워 쉬었다. 피로한 팔다리가 퍽 가벼워졌다. 그리고 그의 빛나는 눈도 웃음을 띠고 있었다. 그러고 나서 좀 잠들려고 했으나 신의 음성이 그대로 들려왔다. 그리고 신의 밝은 눈이 그대로 바라보고 있었다.

"그럼, 이제 더 한탄할 것이 없는가?" 하고 숨은 신의 음성이 물었다.

"이제 아무것도 없습니다."

크눌프는 긍정하며 부끄러운 듯이 웃었다.

"그럼, 모든 것이 좋은가? 모든 것이 그대로 되었는가?"

"네, 모든 것이 되어야 할 대로 되었습니다."

그는 이렇게 말했다.

신의 음성이 점점 희미해지며 때로는 어머니의 음성같이, 때로는 헨리에트의 음성같이, 그리고 때로는 아름답고 부드러운 리자베트의 음성같이 들려왔다. 크눌프는 다시 눈을 뜨려 했으나 해가 비쳐 곧 눈을 감을 수밖에 없었다. 양 어깨 위에 두텁게 쌓인 눈을 털고 싶었으나, 그보다 이제 와서는 다른 어떤 의욕보다도 자고 싶은 의욕이 더욱 강해지는 것이었다.

작가와 작품 해설

헤르만 헤세의 생애와 작품 세계

두 차례의 세계 대전과 세 번의 결혼, 전도 유망한 신학생에서 공장 근로자와 서점 점원 등을 전전했던 혹독한 사춘기, 안정된 일상에서 오는 불안감이 채찍질한 동방으로의 순례……. 헤르만 헤세의 삶은 아름다운 고향 칼브에서의 행복했던 유년 시절과 아름답지 못한 현실의 고단함 사이를 오가는 진자와 같았다.

우리 시대에 자신의 체험을 위해 그보다 더 문학을 필요로 했던 작가는 없었을 것이다. 헤세는 자신의 작품을 통해 인생의 의미를 이야기하고 있지만, 우리가 그의 작품에서 읽는 것은 자기를 찾아가는 고독한 여정 속의 헤세 자신이다.

헤세는 1877년 7월 2일, 독일 남부의 작은 산간 도시 칼브에서 개신교 목사였던 요하네스 헤세의 장남으로 태어났다. 그가 자란 슈바벤 지방은 네카어 강과 그 지류들이 아름답고 서정적인 풍광을 연출하는, 시인들의 고장이었다. 실러, 횔덜린, 울란트, 하우프 등이 그곳에서 성장했던 것이다. 헤세 역시 4세 무렵부터 자기 나름대로 시를 짓고, 중세 프랑스의 시인 브롱데르의 흉내를 냈다고 한다. 이후 헤세의 꿈은 시인이 되는 것이었으며, 그러한 내면으로부터의 외침은 그의 앞날에 많은 파란을 예고하는 것이기도 했다.

칼브의 자연 환경은 어느 산간 지역이나 그렇듯, 산 너머 미지의 세계에 대한 동경과 자연에 대한 예리한 관찰을 그곳의 어린 거주자들에게 선사해 주었다. 소년 헤세는 계절의 운행과 동식물의 습성, 그리고 낭만적인 방랑을 통하여 자연이 주는 그 모든 풍성함을 흠뻑 즐길 수 있었다. 유년 시절의 아름다웠던 추억은 헤세의 내면에 켜켜이 쌓이게 되었으며, 그러한 정신적 고향에 대한 헤세의 애정도 남달랐다.

헤세의 학교 교육은 칸슈타트 고등학교 1학년 때 끝나고 말았다. 그의 나이 16세 때의 일이었다. 그에 앞서 헤세는 14세 때 슈바벤 주의 국가 시험에 합격하여, 당시로서는 선택된 자만이 들어갈 수 있었던 마울브론 신학교에 입학했었다. 그로써 헤세에게는 화려한 미래가 보장되었던 셈이며, 그를 자신의 뒤를 이어 목사로 만들고 싶었던 아버지 요하네스 헤세의 꿈도 이루어지는 듯했다.

하지만 그것도 잠시, 시인이 되고 싶어하는 내면으로부터의 외침에 헤세는 끊임없이 괴로워해야 했다. 결국 헤세는 신학교의 담장을 뛰어넘었고, 그의 방황은 자살 미수에 이르기까지 극단적으로 치닫게 된다. 이듬해에 칸슈타트 고등학교에 입학하지만 그곳도 1년 만에 그만두고 말았다. 그리하여 헤세의 정규 교육은 그것이 전부가 되었다.

모든 정규 교육을 거부했던 헤세에게 이제 하이네, 아이헨도르프 같은 시인과 고골리, 투르게네프 같은 러시아 작가들이 스승의 역할을 떠맡게 되었다. 하지만 헤세의 짧은 학교 생활은 이후 그의 작품들에서 중요한 소재가 된다. 특히 마울브론 신학교 시절의 체험은 그의 『수레바퀴 아래서』와 『지와 사랑』을 통해 구체화되었다. 이제 헤세의 참다운 문학적 편력이 시작된 것이다.

서점 점원, 출판 조합의 조수, 시계 공장의 견습공 등을 전전하던 헤세는 의외의 곳에서 안정을 찾게 되었다. 18세였던 1895년 헤세는 튀빙겐의 헤켄하우어 서점 점원이 되었다. 낮에는 서점 점원으로서 성실하게 근무하고 밤이면 괴테에 심취하는, 말 그대로 주경야독 끝에 문학에 눈을 뜨게 되었던 것이다.

그로부터 4년 후 처녀 시집 『낭만적인 노래』와 산문집 『자정 후의 한 시간』을 발간했다. 작가로서의 헤세의 삶은 이렇게 출발하게 되었다. 같은 해 헤세는 바젤의 라이히 서점의 조수가 되었고, 그곳에서의 본격적인 문학 수업을 통해 2년 뒤인 1901년에 3편의 산문과 9편의 시를 묶은 『헤르만 라우셔』를 출간했다. 이때까지의 작품에는 유년 시절에 대한 아름다운 자전적인 회상과 다소 비현실적인 유미주의가 주를 이루고 있다. 아직 소년적 이미지와 세기말적 우울에서 벗어나지 못한 인상을 주고 있다.

헤세가 문단으로부터 본격적인 주목을 받게 만든 작품은, 1904년 그의 나이 27세에 간행된 『페터 카멘친트』였다. 이 작품을 통해 헤세는 자유 문필가로서 안정된 생활을 얻었으며, 마리아 베르눌리와 결혼할 수 있었다. 그리고 2년 뒤 『수레바퀴 아래서』를 필두로 헤세의 집필 활동이 왕성해졌다. 이 시기의 주요 작품으로는 『수레바퀴 아래서』 외에 『속세의 이야기들』, 『게르트루트』를 들 수 있다. 이러한 작품들 속에서 헤세는 자신의 소년 시절을 회상하고, 그를 통해 순박한 소년에서 성인으로, 하나의 인격이 어떻게 성장하는지를 면밀하게 관찰하고 있다. 하지만 그러한 성장 과정의 기술이 다 밝혀 주지 못하는 인생의 문제는 무척 많다. 그러한 내면적 갈등은 『게르트루트』에 잘 묘사되어 있으며, 헤세에게는 안정된 삶이 가져다줄 수 없는 새로운 돌파구를 찾아 길을 떠나야만 하는 운명이 주어지게 된다. 그의 선택은 동방이었다.

헤세의 조부모와 부모가 모두 인도에서 포교 생활을 했으며, 그의 사촌 빌헬름 군델트는 일본에 가서 선(禪)을 연구하기도 했다. 따라서 동방은 헤세에게 할아버지 때부터 인연이 있었던 곳임과 동시에, 언제나 산 너머 미지의 세계로 존재해 왔던 곳이기도 했다. 말레이시아, 수마트라 그리고 스리랑카의 여행은 헤세의 가슴의 묵은 체증을 풀어 줄 수는 없었지만, 그에게 중요한 통찰을 제공해 준 여행이 되었다. 즉 그러한 식민지들의 여행은 헤세에게 코즈모폴리턴적 시각을 갖게 해 준 것이다.

헤세가 여행에서 돌아온 뒤 『인도 기행』, 『로스할데』, 『크눌프』를 집필했을 때, 세계는 인류 역사상 초유의 사건에 접어들고 있었다. 제1차 세계 대전이 바로 그것이다. 동방 여행에서 얻은 코즈모폴리턴적 시각은 비록 소극적이긴 하나 헤세로 하여금 반전론(反戰論)을 펴게 했다. 애국심이라는 미명 하에 자행되는 비이성적인 폭력은, 헤세로 하여금 이성을 잃은 감정이 인간의 정신에 미치는 가공할 힘과 그것이 인간을 얼마나 황폐하게 만드는지를 잘 깨달을 수 있도록 해 주었다.

종전 후 발간된 『데미안』의 에밀 싱클레어처럼 인간은 내면에 갈등하는 두 세계를 가지고 있다. 지나치게 물질적 행복을 추구하는 개개인에게 정신적 공허는 어쩌면 필연인지도 모른다. 그러한 공허는 때로 길을 잃은 절망과 분노로 이끌게 되고, 전쟁은 그러한 비극의 끝에서 맞게 되는 피할 수 없는 운명이 되는 것이다. 따라서 자신의 내면에 귀 기울이는 것은, 헤세가 참담한 상황에 처해 고통받고 있는 인류에게 주는 궁극적인 메시지였다.

헤세의 그러한 사고는 『싯달타』에 이르러 결실을 보고 있다. 삶에 대한 번뇌와 구도, 그것을 통한 성도(成道)의 여정을 통해 헤세는 내면으로의 도정(道程)과 개개인 스스로의 각성을 촉구한다. 그것이 인간의 필연적 운명이라 할 생의 모순과 그 내면적 이중성의 고통에 대한 헤세의 처방이었다.

헤세는 『싯달타』 이후 부인과 이혼하고 이어 루트 벵어, 니논 돌핀과 잇따라 이혼과 재혼을 거듭했다. 이 시기의 작품으로는 『요양

객』, 『황야의 이리』, 『뉘른베르크의 여행』, 『지와 사랑』 등이 주목된다. 그리고 1946년에 전쟁과 천박한 물질 숭배만이 팽배했던 당대를 거부하고 새로운 이상향과 인간에 대한 신뢰를 회복시키는 거작 『유리알 유희』가 간행되었다. 종전 후 헤세는 노벨 문학상을 수상하는 등 행복한 말년을 보냈다.

작품 줄거리 및 해설

헤르만 헤세의 『크눌프』는 '초봄', '크눌프에 대한 회상', '종말'의 세 편으로 이루어진 작품으로, 제1차 세계 대전이 한창이던 1915년에 간행되었다. 『크눌프』는 각각의 작품이 따로따로 발표된 적도 있을 정도로 한 편 한 편이 완결된 구조를 이루고 있는, 독특한 구성을 지닌 작품이다.

헤세는 1904년 27살에 마리아 베르눌리와 결혼했으나, 9세 연상에 병약하기까지 했던 부인과의 결혼 생활은 그리 평탄하지 않았다. 결국 1923년 결혼 생활이 파국을 맞았지만, 이미 『크눌프』가 집필되고 있던 당시부터 불행한 결말은 예고되어 있었다. 마치 말레이시아를 거쳐 수마트라로, 그리고 스리랑카로 떠돌던 자신의 심경을 고백이라도 하듯, 『크눌프』에서는 가정을 이룬 안정된 정착 생활과 뿌리 없이 떠도는 방랑 생활 사이를 오가는 인간의 본능을 다루고 있다.

‘초봄’에서의 크눌프는 방랑의 한가운데에 처해 있으면서도 고단하지 않은 삶의 모습을 보여주고 있다. 일상의 세계는 평범한 직업인들의 질서 잡힌 세계이며, 그러한 질서에 어울리지 못하는 크눌프는 그러한 사람들이 엮어 내는 삶의 관찰자가 된다. 천진스럽고 남들을 즐겁게 해 주는 일에 몰두하는 크눌프이지만, 그에겐 고향을 떠나 타향에서 방랑하는 자의 고독이 함께 하고 있다. 소시민적 행복에 안주하지 못하는 크눌프의 심리는 그의 눈에 비친 친구 에밀 로트프스의 삶을 기술하는 것에 드러나 있다.

호텔 여급 출신의 예쁜 아내와 작은 피혁 공장을 가지고 하루하루를 자족하며 살면서 앞날에 대한 아기자기한 꿈과 목표를 가진 로트프스를 바라보는 크눌프는, 이미 그들과 동화되기 힘든 자신을 확인하게 된다. 하지만 로트프스의 아내가 던지는 추파를 통해, 그처럼 아기자기한 소시민적 행복이 안고 있는 한계를 발견하게 되는 것도 방랑자 크눌프의 몫이다. 그렇지만 방랑자의 처지에서도 크눌프는 스쳐 가듯 만나는 사람들에게 잠시나마 고달픈 세상살이를 잊을 수 있게 해 주는 여유가 있다.

그에 비한다면 ‘크눌프에 대한 회상’에서의 헤세의 말은, 세상에서의 대개의 진실이 그렇듯이 무척 무겁고 경우에 따라서는 암울하게 들리기까지 한다. 인간은 결국 자신의 길을 혼자서 가는 고독한 존재라는 것, 하지만 그러한 고독에도 불구하고 아름답게 사는 것이 아름다운 것이라는 단순한 진리를 다시 확인하게 된다.

마지막으로, 병들고 지친 크눌프의 마지막 여정이 ‘종말’의 주제가 된다. 첫 여인 프란치스카와 옛집이 있는 고향에서 그를 기다리고 있었던 것은 방랑의 일생에 대한 회한뿐이었다. 나약해진 크눌프에게 신은 그의 회한이 자신의 뜻이었노라고 말한다. 크눌프는 그 말에 시인한다.

회한뿐인 인생이지만 신의 의지를 거스르지 않고, 또 신의 의지를 인정하면서 방황으로 점철된 크눌프의 인생은, 사람이란 무엇을 위해 살아야 하는지 다시 한 번 되묻게 한다.

작가 연보

1877년	7월 2일, 독일 남부 슈바벤 지방 뷔르템베르크의 산간 도시 칼브에서 아버지 요하네스 헤세와 어머니 마리 군데르트 사이의 장남으로 태어남.
1881년(4세)	스위스 바젤로 이사함.
1883년(6세)	아버지 요하네스 헤세가 스위스 국적을 취득함.
1886년(9세)	칼브로 돌아감.
1890년(13세)	괴팅겐의 라틴어 학교에 입학함. 슈바벤 주의 시험에 합격함.
1891년(14세)	마울브론 신학교에 입학함.
1892년(15세)	3월, 신학교를 도망쳐 나옴. 퇴학 후 신경 쇠약으로 자살 기도함.
1893년(16세)	칸슈타트 고등학교에 입학함. 10월, 학업을 중단함. 에스링겐 서점 점원으로 3일간 근무한 후 그만둠.
1894년(17세)	6월, 칼브의 페로트 시계 공장 견습공이 됨.
1895년(18세)	10월, 튀빙겐의 헤켄하우어 서점 점원이 됨.
1899년(22세)	『낭만적인 노래』, 『자정 후의 한 시간』 간행. 가을에 바

젤의 라이히 서점으로 옮김.

1901년(24세) 이탈리아를 여행함. 『헤르만 라우셔』 간행.

1904년(27세) 『페터 카멘친트』 간행. 8월, 마리아 베르눌리와 결혼함.

1906년(29세) 『수레바퀴 아래서』 간행.

1907년(30세) 『속세의 이야기들』 간행.

1908년(31세) 『이웃 사람들』 간행.

1910년(33세) 『게르트루트』 간행.

1911년(34세) 시집 『도상에서』 간행. 말레이시아, 수마트라, 스리랑
카를 여행함.

1912년(35세) 『우회로』 간행.

1914년(37세) 『로스할데』 간행. 제1차 세계 대전 발발함.

1915년(38세) 『크눌프』 간행. 로맹 롤랑과 교류함.

1916년(39세) 『청춘은 아름다워라』 간행. 프로이트와 융의 저서를 탐
독함.

1919년(42세) 싱클레어라는 필명으로 『데미안』 간행.

1922년(45세) 『싯달타』 간행.

1923년(46세) 부인과 이혼함. 스위스 국적 취득함.

1924년(47세) 루트 벵어와 재혼함.

1925년(48세) 『요양객』 간행.

1927년(50세) 『황야의 이리』, 『뉘른베르크의 여행』 간행. 루트 벵어

와 이혼함.

1930년(53세)　『지와 사랑』 간행.

1931년(54세)　니논 돌핀과 세 번째 결혼함.

1936년(59세)　스위스에서 고트프리트 켈러 문학상 받음.

1939년(62세)　나치 당국에 의해 출판 용지 배급이 정지되고 독일에서
　　　　　　　헤세 작품의 출판이 금지됨.

1942년(65세)　이때까지의 시를 전부 모아 스위스에서 시 전집을 냄.

1943년(66세)　『유리알 유희』 간행.

1946년(69세)　전쟁 및 정치에 관한 평론집 『전쟁과 평화』 간행. 괴테
　　　　　　　상, 노벨 문학상(『유리알 유희』) 수상.

1950년(73세)　브라운슈바이크 시가 수여하는 빌헬름 라베 상 수상.

1954년(77세)　서독출판협회로부터 평화상 수상.

1956년(79세)　카를스루에 시에서 헤르만 헤세 상 제정.

1962년(85세)　8월 9일, 몬타놀라에서 뇌출혈로 사망함. 이틀 후 루가
　　　　　　　노 호반의 아본디오 교회 묘지에 안장됨.

베스트셀러한국문학선

1. 무정 이광수
2. 배따라기 김동인
3. 표본실의 청개구리 염상섭
4. 사랑 손님과 어머니 주요섭
5. 운수좋은 날 현진건
6. 물레방아 나도향
7. 화수분 전영택
8. 상록수 심훈
9. 메밀꽃 필 무렵 이효석
10. 동백꽃 김유정
11. 태평천하 채만식
12. 탈출기(외) 최서해 외
13. 날개(외) 이상 외
14. 무녀도 김동리
15. 소나기(외) 황순원 외
16. 흙(상) 이광수
17. 흙(하) 이광수
18. 무영탑(상) 현진건
19. 무영탑(하) 현진건
20. 탁류(상) 채만식
21. 탁류(하) 채만식
22. 환희 나도향
23. 인간문제 강경애
24. 사랑(상) 이광수
25. 사랑(하) 이광수
26. 삼대 염상섭
27. 백범일지 김구
28. 진달래꽃 김소월
29. 하늘과 바람과 별과 시 윤동주
30. 님의 침묵 한용운
31. 나도향·유진오 단편선
32. 김유정·채만식·이효석 단편선

베스트셀러한국문학선 4

사랑손님과 어머니

주요섭 지음

사회 현실 문제에 남다른 관심을 보여주었던 주요섭의 대표적인 단편 작품이다. 어린 소녀의 눈에 비친 성인 남녀의 사랑이 주된 내용이지만 그 이면에 풍속적 한계를 인식한 젊은 과부의 애욕의 고뇌와 체념이 읽혀진다. 「아네모네의 마담」, 「인력거꾼」 등 11편이 수록되었다.

…192쪽 값 4,000원

베스트셀러한국문학선 | 5

소나기 (외)

황순원 (외) 지음

서정성이 높고 절제된 문장미와 소설 구성의 세련된 기교로 인해 미적 감동을 유발시키는 황순원의 대표적인 작품이다. 누구에게나 한 번쯤 있었음직한 어린 날의 그리운 추억을 느낄 수 있는 따뜻한 이야기이다. 계용묵의 「백치 아다다」, 정비석의 「성황당」 등 14편이 수록되었다.

… 264쪽 값 4,500원

베스트셀러한국문학선 26

삼대

염상섭 지음

조부 조의관, 아버지 조상훈, 아들 조덕기의 삼대에 걸친 가계의 인생 전개를 통해 식민지 사회의 현실을 제시함으로써 당대의 사회적 변천과 정신사의 이면을 함께 묘사한 1930년대 가계소설의 대표작으로 손꼽히는 작품이다.
…540쪽 값 6,000원

백범일지 김구 지음

민족사상을 고취하는 한민족의 필독서로, 세월이 지나도 그 가르침이 퇴색되지 않는 고전이 된 「백범일지」는 변치 않는 김구의 애국심이 그대로 나타나는 작품이다.
…244쪽 값 5,500원

나도향·유진오 단편집

나도향 · 유진오 지음

낭만적이면서도 객관적 사실주의 경향의 작품을 쓴 나도향과 사실적인 현실 표현으로 세태 풍자적인 작품을 쓴 유진오의 단편집.

〈수록작품〉 나도향 「별을 안거든 울지나 말 걸」 「젊은이의 시절」, 유진오 「여직공」 「행로」 「나비」 「봄」
…272쪽 값 5,500원

베스트셀러한국문학선 32

김유정·채만식·이효석 단편집

김유정 · 채만식 · 이효석 지음

우리 민족의 '한'을 웃음과 울음이라는 상반된 감정으로 표현한 김유정, 풍자문학을 통해서 왜곡된 사회적 부조리를 꼬집은 채만식, 그리고 자연의 서정성과 반문명적인 아름다움을 내포하는 작품을 쓴 이효석의 단편들을 모았다.
… 304쪽 값 6,000원